Der Schreckenshelm

Viktor Pelewin
Der Schreckenshelm

Aus dem Russischen
von Andreas Tretner

BERLIN VERLAG

Das Werk ist urheberrechtlich geschützt durch den *Copyright, Designs and Patents Act 1988* © Viktor Pelewin | Die Originalausgabe erscheint 2005 unter dem Titel *Helmet of Horror* bei Canongate Books Ltd, Edinburgh | Für die deutschsprachigen Rechte © 2005 Berlin Verlag GmbH, Berlin | Alle Rechte vorbehalten | Typografie: Birgit Thiel | Gesetzt aus der Stempel Garamond durch psb, Berlin | Druck & Bindung: Ebner & Spiegel, Ulm | Printed in Germany 2005 | ISBN 3-8270-0447-0

MINOTAURUS
oder: Der Geist des Fortschritts

»Keiner kam darauf, daß Buch und Labyrinth ein und dasselbe waren …«

Jorge Luis Borges
Der Garten der Pfade, die sich verzweigen

Für den Mythos gibt es unterschiedliche Definitionen. Die eine sieht in ihm eine überlieferte Erzählung, gedacht zumeist als Erklärung für irgendein natürliches oder soziales Phänomen. Einer anderen zufolge handelt es sich um eine ebenso irrige wie weitverbreitete Annahme oder Idee. Diese Doppeldeutigkeit spricht für sich. Zeigt sie doch, daß wir Erzählungen und Erläuterungen, die aus der Vergangenheit stammen, instinktiv für unwahr halten oder ihnen zumindest mit Argwohn begegnen. Eine solche Einstellung – abgesehen davon, daß sie Arbeitsplätze im Bereich des intellektuellen Journalismus schafft – verleiht unserem Leben einen zusätzlichen Sinn. Die Vergangenheit als ein Sumpf aus Irrtümern und wir dazu angetreten, die Wahrheit zu finden. Wir – die Bescheidwisser.

Die vom Mythos wegführende Magistrale heißt Fortschritt und ist nicht bloß als wissenschaftliche, technische oder politische Entwicklung zu verstehen.

Der Fortschritt hat eine spirituelle Komponente, die F. Scott Fitzgerald hübsch ausgedrückt hat. Sein Gatsby »glaubt an das grüne Licht, die rauschende Zukunft, die Jahr für Jahr vor uns zurückweicht. Sie ist uns gestern entschlüpft, doch was tuts – morgen schon eilen wir rascher, strecken weiter die Arme. Und eines schönen Tages ... So regen wir die Ruder, stemmen uns gegen den Strom – und treiben doch stetig zurück, dem Vergangenen zu.«

Mit anderen Worten: Der Fortschritt ist eine Antriebstechnik, bei der wir uns fortwährend von dem Punkt, den wir eben noch besetzt hielten, abstoßen müssen. Was durchaus nicht heißt, daß wir heute ohne Mythen leben. Es bedeutet lediglich, daß wir mit Instant-Mythen vorlieb nehmen, die eine Seifenblasenfüllung haben. Die so unwirklich sind, daß man sie nicht einmal als Lügen bezeichnen kann. Alles taugt zu dieser Art Mythologie im Viertelstundenformat, sogar die »Mythbusters«-Produktionen auf Discovery Channel und RTL.

Kein Glaube liegt dieser Geisteshaltung zugrunde, wie das bei herkömmlichen Kulten der Fall war, sondern die Lücke, die er hinterlassen hat. Das Witzige daran ist nur: Wir leben mit diesem Fortschrittskonzept schon so lange, daß es inzwischen selbst alle Qualitäten eines Mythos aufweist. Es ist eine überlieferte Erzählung, die vorgibt, Erklärungsmuster für natürliche und soziale Phänomene zu liefern. Und es ist ein weitverbreiteter Irrglaube.

Der Fortschritt war es, der uns in die verschieden

dimensionierten und geschnittenen Großraumbürozellen mit flimmernden Bildschirmen getrieben hat, in denen wir heute hocken. Doch versucht man dieses High-End-Flimmern einmal in Begriffen von Inhalt und Struktur zu analysieren, wird man früher oder später den Ausgangspunkt der Reise erkennen: den Ursprungsmythos. Er mag neue Formen angenommen haben – dem Wesen nach jedoch ist er unverändert. Man darf sich darüber streiten, ob wir nun stetig in die Vergangenheit zurückgetrieben oder unerbittlich in die Zukunft vorwärts gestoßen wurden – in Wirklichkeit haben wir uns nicht von der Stelle bewegt.

Und selbst diese Erkenntnis ist bereits eine überlieferte Erzählung. Vor langer Zeit schrieb Jorge Luis Borges einmal, es gebe überhaupt nur vier Geschichten, und diese würden immer wieder neu erzählt: die Belagerung, die Heimkehr, die Suche und die (Selbst-) Aufopferung Gottes. Wobei anzumerken ist, daß ein und dieselbe Geschichte von verschiedenen Betrachtern durchaus unterschiedlich zugeordnet werden kann: was für Theseus Suche und Heimkehr bedeutet, ist für den Minotaurus das Gottesopfer in brutaler Form. Und selbst wenn es vielleicht doch noch ein paar mehr als nur die »vier Zyklen« geben sollte, wie Borges sie nennt, so ist ihre Zahl in jedem Fall begrenzt – und wir kennen sie alle. Es wird uns nichts Neues mehr einfallen. Wie kommt das?

Hier stoßen wir auf eine dritte denkbare Definition des Mythos. Wenn man sich das menschliche Denken als einen Computer vorstellt, so sind die Mythen vielleicht ihre »shells«: Programmroutinen, denen wir folgen beim »Berechnen« der Welt; mentale *Matrizes*, die wir auf komplexe Ereignisse projizieren, um sie mit Bedeutung zu füllen. Computerexperten behaupten, um gute Programme zu schreiben, müsse man jung sein. Diese Regel scheint für kulturelle Codes ebenso zu gelten. Unsere Programme wurden geschrieben, als die menschliche Rasse noch jung war – zu einem Zeitpunkt, der uns so obskur und entlegen erscheint, daß wir die Programmiersprache gar nicht mehr verstehen. Beziehungsweise noch fataler: Unser Verständnis ist so ausdifferenziert, so widersprüchlich und komplex, daß die Frage »Was bedeutet es?« jeden Sinn verliert.

Warum hat der Minotaurus einen Stierkopf? Was geht darin vor? Ist sein Geist eine Funktion seines Körpers, oder ist sein Körper nur ein Bild in seinem Geist? Befindet sich Theseus im Labyrinth? Oder das Labyrinth in Theseus? Oder beides? Oder keines von beiden?

Jede Antwort bedeutet, sich in einem anderen Gang des Labyrinths zu verlieren. Schon viele behaupteten steif und fest, die Wahrheit zu kennen. Doch bislang hat keiner aus dem Labyrinth herausgefunden. Also: Hals- und Beinbruch! Und noch etwas: Sollten Sie dem Minotaurus begegnen, sagen Sie niemals Muh! Das gilt als äußerst unkorrekt.

Started by ARIADNE at xxx pm xxx xxx BC GMT

Ich baue ein Labyrinth, worin ich mich verlieren kann, zusammen mit dem, der nach mir sucht. – Wer hat das gesagt und bei welcher Gelegenheit?

:-)

Organizm(-:
He, was ist los? Ist hier irgendwer?
Romeo-y-Cohiba
Ich.
Organizm(-:
Was hat das alles zu bedeuten?
Romeo-y-Cohiba
Versteh ich auch nicht.
Organizm(-:
Ariadne? Bist du hier?
Romeo-y-Cohiba
Wer soll das sein?
Organizm(-:
Die diesen Thread hier eröffnet hat. Sieht wie Internet aus, scheint aber keines zu sein. Man kommt nicht raus damit.

Romeo-y-Cohiba
xxx
Organizm(-:
Achtung! Bitte mal alle melden, die hier mitlesen!
Nutscracker
Ich zum Beispiel.
Organizm(-:
Und wer hat den ersten Beitrag gepostet?
Nutscracker
Der ist alt.
Romeo-y-Cohiba
Woher willst du das wissen? Steht kein Datum dran.
Nutscracker
Weil ich den schon vor drei Stunden gelesen habe.
Organizm(-:
Achtung! Rückfrage an alle: Außer Nußknacker, Romeo und mir ist hier sonst niemand?!
Romeo-y-Cohiba
Sieht ganz so aus.
Nutscracker
Zumindest keiner, der mitreden will.
Romeo-y-Cohiba
Wir sind also hier zu dritt.
Nutscracker
Aber was heißt das eigentlich: hier?
Organizm(-:
Wie meinst du das?
Nutscracker
Ganz naiv. Könnt ihr mal den Ort beschreiben, an dem ihr euch befindet? Ist es ein Zimmer, ein Saal, ein Haus? Ein Loch im xxx?

Romeo-y-Cohiba
Wenn du mich fragst: Ich befinde mich in einem Zimmer. Oder vielleicht sollte man es besser eine Kammer nennen. Nicht sehr groß. Grüne Wände, weiße Deckenlampe. An der einen Wand ein Bett. An der anderen ein Tisch mit Tastatur, auf der ich gerade schreibe. Die Tastatur ist fest im Tisch verankert. Über dem Tisch ein in die Wand eingelassener LCD-Bildschirm mit dicker Scheibe davor. Auf ihm kann ich sehen, was ich schreibe. Läßt sich nicht einschlagen, ich hab's schon probiert. Der Raum hat zwei Türen. Die eine aus komischem schwarzgrünem Metall, mit einer gewölbten Stelle in der Mitte. Sie ist verschlossen. Die andere Tür aus Holz, weiß lackiert und offen. Dahinter ist das Bad.
Organizm(-:
Bei mir dasselbe wie bei Romeo. Verschlossene Metalltür mit einem Relief daran. Badezimmer hotelmäßig. Auf der Konsole unterm Spiegel Seife, Duschgel und Shampoo. Alles in einheitlicher Markenverpackung, seltsames Logo: Könnte ein Zahnrad sein. Wie siehts bei dir aus, Nußknacker?
Nutscracker
Gleicher Raum. Die Tür scheint aus Bronze zu sein. Das auf der Seife, Organismus, sieht mir nicht nach Zahnrad aus, eher nach Sternchen. Wie das, womit man in Büchern auf Fußnoten verweist. Ist sogar auf dem Klopapier drauf, stellt euch vor. Auf jedem einzelnen Blatt.

Romeo-y-Cohiba
Wir sind anscheinend alle im selben Hotel. Ich versuche jetzt mal, an die Wand zu klopfen. Hört jemand was?
Organizm(-:
Nein.
Nutscracker
Ich auch nicht.
Organizm(-:
Dann versuch ichs jetzt mal an der Tür, paßt auf.
Romeo-y-Cohiba
Nichts zu hören.
Organizm(-:
Wie seid ihr hier reingeraten, sagt mal?
Romeo-y-Cohiba
Was mich betrifft: keine Ahnung. Du, Organismus?
Organizm(-:
Ich bin heute morgen hier aufgewacht. In so einem schwulen Kittel, mit nix darunter.
Nutscracker
Das ist kein Kittel, sondern ein Chiton. So was gab's bei den alten Griechen, weshalb du mit deinem Attribut gar nicht so falsch liegst. Unterwäsche trugen die damals, glaube ich, auch keine.
Romeo-y-Cohiba
Wenigstens ist es warm hier.
Organizm(-:
Und du, Nußknacker? Weißt du noch, wie du hier reingekommen bist?

Nutscracker
Leider nein.
Romeo-y-Cohiba
Was habt ihr bloß für komische Namen: Organismus, Nußknacker ...
Nutscracker
Du vielleicht nicht, Romeo? Ist deine Cohiba wirklich so beachtlich?
Romeo-y-Cohiba
Käme auf den Vergleich an. Was den Namen angeht – den habe nicht ich mir ausgedacht. Erscheint auf dem Bildschirm, sobald ich ein Posting absetze. Ich heiße nicht Romeo, sondern xxx. xxx von Beruf, falls es jemanden interessiert.
Organizm(-:
Pornobusineß? Ist ja hip. Dann sind wir beinahe Kollegen, Romeo, ich bin nämlich xxx. Früher war ich bei xxx.com, deshalb vorübergehend nicht im Geschäft. Aber das dürfte dir kaum blühen.
Romeo-y-Cohiba
Wie kommst du auf Pornobusineß? Und was sollen die Ickse?
Nutscracker
Die tauchen schon die ganze Zeit auf. Hier wird zensiert. Jemand liest unser Gespräch mit, dem gefällt es nicht, wenn wir Informationen darüber austauschen, wer wir in Wirklichkeit sind. Oder wenn geflucht wird.
Romeo-y-Cohiba
He, du! Wer immer du bist! Ich verlange, mich mit

meiner Familie in Verbindung setzen zu dürfen, und zwar sofort! Und mit der xxx Botschaft!

Nutscracker

Wie kommst du darauf, daß es hier eine xxx Botschaft gibt?

Romeo-y-Cohiba

Eine xxx Botschaft gibt es überall.

Nutscracker

Bist du dir sicher? Was, wenn wir hier in xxx sind?

Organizm(-:

Ihr scheint euch ja prächtig zu verstehen, Jungs, und ganz ohne Worte! Nur mir ist nicht klar, was das für eine xxx Botschaft sein soll und wo dieses xxx liegt, wenn es da nicht mal eine xxx Botschaft gibt. Und wozu du die ausgerechnet jetzt brauchst, xxx noch mal!

Monstradamus

Guten Tag! Stört es euch, wenn ich mich in euer Gespräch einmische?

Organizm(-:

Wer bist du, Monstradamus?

Monstradamus

xxx. Wohnhaft in xxx, von Beruf xxx.

Romeo-y-Cohiba

Ginge es vielleicht ein bißchen origineller?

Monstradamus

Ich habe alle Beiträge bis hierher gelesen. Meine Situation ist dieselbe. Gleiches Zimmer, gleiche Ausstattung. Und wie ich hier hineingeraten bin, weiß ich auch nicht.

Nutscracker
Dann sind wir ja schon zu viert. Tröstlich.
Organizm(-:
Was soll daran tröstlich sein?
Nutscracker
Na, vielleicht tauchen demnächst noch mehr Leute hier auf. Je mehr Köpfe, um so größer die Wahrscheinlichkeit, daß uns etwas einfällt.
Organizm(-:
Vielleicht sind wir ja tot?
Nutscracker
Bitte keine Panik. Tote chatten nicht.
Organizm(-:
Das ist nicht gesagt. Vielleicht ist Chatten das einzige, was sie überhaupt noch tun können.
Romeo-y-Cohiba
Wenn das hier das Jenseits sein soll, dann vielen Dank.
Nutscracker
Analysieren wir unsere Situation. Die Jenseits-Hypothese von Organismus schlage ich zu ignorieren vor.
Organizm(-:
Oder vielleicht ist alles nur ein Traum?
Romeo-y-Cohiba
Zwick dich doch mal, dann wachst du vielleicht auf. Ich hab auch das schon probiert, kam nix bei raus.
Nutscracker
Wir hatten festgestellt: Die Bronzetür hat jeder. Die Verzierung daran. Bei mir ist es ungefähr ein Rechteck, bei dem die Horizentalen nach innen gewölbt sind, die Vertikalen nach außen.

Organizm(-:
Erinnert an eine Fledermaus. Oder das Batman-Logo.
Romeo-y-Cohiba
Meiner Meinung nach ist es eine zweischneidige Axt.
Organizm(-:
Könnte genausogut Deko sein und sonst gar nichts. Ohne Bedeutung. Obwohl – jetzt, wo Romeo das mit der Axt sagt, kommt es mir auch so vor. Solche gab es früher schon, bei den Nazis oder bei den alten Römern, weiß nicht genau.
Monstradamus
Wenn es eine Axt sein soll, dann ist sie weitaus älter als das alte Rom. Die gab es schon auf Kreta und im alten Ägypten.
Organizm(-:
Monstradamus, bist du Historiker oder was?
Monstradamus
Nein. Ich bin xxx.
Organizm(-:
Ach so, stimmt ja.
Ariadne
Seid gegrüßt. Es freut mich zu sehen, daß ich hier nicht allein bin.
Organizm(-:
Grüß dich, Schneckchen.
Romeo-y-Cohiba
Wo Jungs sind, da können Mädchen nicht weit sein. Und schon flimmern Regenbögen an meinen Wänden!
Monstradamus
Interessant. Bei mir auch. Oder täuscht das nur?

Nutscracker
Hast du den Thread hier aufgemacht, Ariadne?
Ariadne
Ja. Aber weil niemand geantwortet hat, bin ich eingeschlafen.
Monstradamus
Und was meinst du mit dem Satz vom Labyrinth?
Ariadne
Ich habe vergessen, woher ich ihn habe. Und ich hatte in dem Moment das Gefühl, es wäre wichtig, es zu wissen.
Monstradamus
Wer bist du? Wieso bist du hier?
Ariadne
Bei mir ist alles genauso wie bei euch.
Organizm(-:
Wenn das so ist, dann wissen wir über dich bestens Bescheid. Dein richtiger Name ist xxx, du bist xxx Jahre alt und stammst aus xxx.
Ariadne
Ja, aber ich weiß, was hier gespielt wird.
Nutscracker
Woher?
Ariadne
Ich habe das alles geträumt.
Romeo-y-Cohiba
Das als Informationsquelle anzusehen, wäre ich vorsichtig.
Monstradamus
Mich interessiert es. Erzähle!

Ariadne

Ich war in einer alten Stadt. Ich meine, in einer ganz, ganz alten. Wie man sie vielleicht vor ein paar Tausend Jahren gebaut hat. Es war sehr hübsch da. Das Straßenpflaster aus großen Steinplatten, die Mauern begrünt, irgend so ein rankendes Gewächs mit blaßrosa Blüten. Türen und Fenster sämtlicher Häuser waren geschlossen, doch hatte ich immerzu das Gefühl, beobachtet zu werden. Lange bin ich durch die Straßen geirrt, ohne einen einzigen Menschen zu treffen. Bis mir auffiel, daß an den Kreuzungen, denen ich mich jeweils näherte, ein Zwerg in grauen Lumpen und einem komischen runden Hut mit breiter Krempe herumstand. Und kaum hatte ich ihn erblickt, verschwand er blitzschnell um die nächste Ecke, so als hätte er meinen Blick im Rücken gespürt. So geschah es etliche Male. Bald kam ich darauf, daß er nicht vor mir Reißaus nahm – die Rhythmen, in denen wir uns bewegten, korrespondierten derart miteinander, daß ich ihn nie länger als ein paar Sekunden sehen konnte. Fragt mich nicht, *wie* ich darauf kam, im Traum hat alles seine eigene Logik. Ich paßte mich also diesem Rhythmus an und versuchte den Zwerg dabei schärfer ins Auge zu fassen. Zum Beispiel wählte ich möglichst breite, gerade Straßen, damit ich ihn länger im Blickfeld hatte. Doch die meisten Straßen dort waren nun einmal klein, schmal und krumm, zusammen bildeten sie ein wahres Labyrinth. Es dauerte seine Zeit, bis ich begriff, daß es zwei Zwerge waren – allerdings schwer voneinander zu unterscheiden. Beide waren gleich ärmlich gekleidet, nur daß bei dem einen die Hutkrempe an einer Seite aufwärts gebogen war. Allmählich gelangte ich zu der Überzeugung, daß da noch jemand sein mußte. Doch sosehr ich mich auch bemühte: Dieser Dritte entzog sich meinen Blicken. Ich konnte höchstens einmal den Saum seines schwarzen Regenmantels um die Ecke wischen sehen. Mir wurde klar, daß ich, wollte ich alle drei sehen, die Hauptstraße der Stadt aufsuchen mußte, die lang und breit genug war, daß ...

Romeo-y-Cohiba

Ich frage mich, was das alles mit uns zu tun haben soll.

Monstradamus

Bitte ausreden lassen! Ariadne, was geschah als nächstes?

Ariadne

Als nächstes fand ich diese Hauptstraße. In ihrer Mitte verlief eine lange Reihe Kübel mit Palmen darin. Ich weiß noch, das fand ich am beeindruckendsten: bis dahin überall gelbes Herbstlaub, und nun auf einmal Palmen.

Nutscracker

Vorhin waren es noch rosa Blüten, jetzt gelbes Herbstlaub, wie geht das zusammen?

Ariadne

Es war einfach so. Während ich hinter dem Gnom herlief, muß es Herbst geworden sein. Ich hatte ihn im Verdacht: Vielleicht wollte er mir damit die Laune vermiesen und verhindern, daß ich ihn einholte. Die

Hauptstraße war menschenleer. Ich kam an einen großen Platz mit Springbrunnen, in dem Bronzefiguren standen. Ihre Machart sagte mir, daß sie genauso alt sein mußten wie diese Stadt. Obwohl das, was sie darstellten, an moderne japanische Trickfilme denken ließ: nackte Jugendliche im Würgegriff irgendwelcher Tentakel …

Nutscracker

Wieso japanische Trickfilme?

IsoldA

Sie meint die Mangafiguren, die von Dämonen mit Fangarmen vergewaltigt werden. Eine Zwangsvorstellung im virtuellen Porno made in Japan.

Monstradamus

Darin drückt sich die ins Unbewußte verdrängte Frustration aus, die die Niederlage der Japaner im Zweiten Weltkrieg ausgelöst hat. Das vergewaltigte Schulmädchen symbolisiert die japanische Volksseele, das Monster mit den vielen phallischen Fangarmen ist die moderne korporative Wirtschaft nach westlichem Muster.

Nutscracker

Falls es nicht einfach ein Tintenfisch ist.

Monstradamus

Ein Tintenfisch? Wie originell. Darauf wäre ich nie gekommen.

Organizm(-:

Und wer ist Isolde? Eine Neue?

IsoldA

Ja.

Romeo-y-Cohiba
Herzlich willkommen in unserer kleinen Welt, Isolde. Schön, daß du bei uns bist.
IsoldA
Danke, Romeo.
Organizm(-:
Bist du hübsch?
Romeo-y-Cohiba
Organismus, reiß dich zusammen!
Nutscracker
Isolde, gibt es etwas, das du zu unserem gemeinsamen Erfahrungsschatz beisteuern könntest?
IsoldA
Nein.
Monstradamus
Dann soll Ariadne fortfahren, wenn es dir recht ist.
Ariadne
Ich wußte, daß ich zu diesem Springbrunnen gehen mußte, wenn ich die beiden Zwerge sehen wollte. Fragt mich nicht, woher, ich wußte es einfach. Ich ging also zu dem Brunnen, lehnte mich, der Fontäne den Rücken zukehrend, gegen die Brüstung. Gegenüber lag ein großes düsteres Gebäude mit einer Säulenfront und häßlichen Dachaufbauten. Es machte auf mich den Eindruck, als wäre es früher einmal ausgebrannt, wonach man es des öfteren zu sanieren und zu reanimieren versucht hatte, doch die Spuren der Katastrophe traten durch die neue Hülle und die frischen Farben immer wieder hervor, das Haus wirkte tot und leer …

Romeo-y-Cohiba
An dieser Stelle benötigen wir nun wohl ein ganzes Konzil von Psychiatern. Oder fragen wir Monstradamus, der scheint da beschlagen zu sein. Korporative Frustration, oder wie war das noch mal?
Monstradamus
Romeo, bitte, hab noch einen Moment Geduld.
Ariadne
Plötzlich merkte ich, daß einer der Zwerge – der mit der aufwärts gebogenen Hutkrempe – neben mir stand. Ich hatte ihn nicht herankommen sehen. Nun stand er so nahe vor mir, daß ich sein Gesicht des Hutes wegen immer noch nicht sah. Die Schuhe sind mir im Gedächtnis geblieben: rot-weiß gestreift mit langer Spitze, wie man sie im Mittelalter trug. Ohne den Kopf zu heben, sprach der Zwerg mich an. Was er sagte, war sehr sonderbar. Er sagte, der Herr, dem er diene, sei der Schöpfer von allem, was ich im Umkreis sehen könne, und von vielem darüber hinaus. So wie ich es verstand, war dieser Herr kein Mensch. Oder jedenfalls nicht ausschließlich. Sein Name war Asterisk …
Monstradamus
Du hast dich bestimmt nicht verhört?
Ariadne
Ich denke nicht. Asterisks Macht kenne keine Grenzen, erklärte der Zwerg. Ich fragte ihn, ob es sich um den lieben Gott handele. Der Zwerg lachte und erwiderte, der liebe Gott sei für Asterisk nur ein Handlanger. Ich fragte, wie das sein könne. Und der Zwerg

sagte, ich solle gar nicht erst versuchen, es zu verstehen. Ein großes Geheimnis, so sagte er mehrmals, ein großes Geheimnis. Ich wollte von ihm wissen, wie man einen, der mächtiger sei als der liebe Gott, denn bezeichnen sollte. Wie Sie wollen, erwiderte der Zwerg, das Wort Asterisk sei dafür so geeignet wie jedes andere, was sich sagen lasse – alles nur Worthülsen, bedeutungslos. So sprach er, ehrlich!

Romeo-y-Cohiba

Was für ein Blödsinn.

Ariadne

Wenn ich recht verstand, ist Asterisk sauer auf die Menschen, weil sie ihn früher einmal umgebracht haben. Oder weil sie noch vorhaben, das zu tun – der Zwerg drückte sich vertrackt aus, so daß man nicht ganz schlau daraus wurde. Seither – oder bis dahin – müssen die Menschen Asterisk einen Tribut zollen: Sie müssen ihm Leute schicken, mit denen er spielen kann. Die in seiner Arena in den Tod gehen. Wie wir zum Beispiel ...

Nutscracker

Ah ja.

Ariadne

Aber das müsse einen nicht sonderlich aufregen, meinte der Zwerg, denn Asterisk mache jeden zum Opfer, der auf die Welt kommt, und das Los, in seiner Arena zu sterben, treffe ausnahmslos alle. Ich wollte fragen, was dieser Tribut dann noch für einen Sinn hat, da wurde der Zwerg nervös und sagte: Schau, da kommt er, gleich wirst du ihn mit eigenen Augen sehen. Ich hob den Kopf. Vor dem ausgebrannten Palast waren zwei Gestalten aufgetaucht. Vorneweg mit gravitätischem Schritt der andere Zwerg, eine Fahne in Händen. Auf ihr das Logo von Merrill Lynch – bestimmt kennt ihr das, so ein vergnügter kleiner Stier – und die Losung: Be Bullish! Aber darüber konnte ich gar nicht lachen, so greulich erschien mir der, der folgte. Von dem ich nicht weiß, wie ich ihn bezeichnen soll. Wie ein Mensch sah er jedenfalls nicht aus. Er war kolossal groß, im ersten Moment meinte ich einen gigantisch in die Höhe geschossenen Pilz mit metallisch schwarzgrüner Kappe vor mir zu haben. Dann sah ich genauer hin. Er trug einen dunklen Kittel, der bis zur Erde reichte, nicht besonders sauber, aber auch nicht so zerlumpt wie die Zwergenkleider. Und auf dem Kopf ein Bronzeteil, das aussah wie ein Gladiatorenhelm: rund, mit breitem Rand, eine Metallplatte mit Löchern vor dem Gesicht. Obenauf zwei Hörner …

Monstradamus

Wie bei einem Stier?

Ariadne

Nein, viel dicker und nicht nach den Seiten abstehend, sondern dicht am Helm nach hinten gehend und wieder mit ihm verschmelzend. Wenn ihr einen Vergleich haben wollt, stellt euch zwei bronzene Motorradauspuffe vor – um die Kante eines großen runden Helms gezogen. Außerdem gab es noch etliche kleinere Züge und Röhrchen, die die einzelnen Helm teile miteinander verbanden. Alles aus Bronze. Das

Ganze kam mir vor wie ein antikes Raketentriebwerk.

Nutscracker

Hat er irgendwas gesagt?

Ariadne

Nein. Ich sah ihn nur ganz kurz. Mein erster Gedanke war: Bestimmt sind die Zwerge deswegen so grotesk gekleidet, weil sie dem Boß ähneln wollen. Neben ihm wirkten sie noch winziger, als sie waren. Bei ihm hatte ich den Eindruck eines nachdenklichen, traurigen, einsamen Wesens – wie ein Kaiser im Exil. Oder umgekehrt: wie ein Kaiser, der einsam ist, weil er alle ins Exil geschickt hat.

Monstradamus

Und damit war der Traum zu Ende?

Ariadne

Asterisk habe ich danach nicht mehr gesehen. Den Zwerg und mich verschlug es auf einmal ganz woanders hin, in eine der Gassen. Wir standen vor einer alten Holztür, an Stelle der Klinke hatte sie einen Stierkopf, dem ein Ring durch die Nase ging. Der Zwerg klopfte mit dem Ring gegen die Tür, und sie ging auf. Dahinter war ein kleines Zimmer. Von unserem Standpunkt aus sah man bloß ein Bett, darin lag ein kahlköpfiger Mann mit Schnauzbart und einem Muttermal an der Nase und schlief. Hier seien wir falsch, brummelte der Zwerg und führte mich vor eine andere Tür, die er in gleicher Weise aufgehen ließ. Das Zimmer sah ähnlich aus, war aber leer. »Ich baue ein Labyrinth, worin ich mich verlieren kann, zusammen mit dem, der nach mir sucht ... Wer hat das gesagt und bei welcher Gelegenheit?« fragte der Zwerg mit erhobenem Finger. Ich dachte nach – mir ist, als hätte ich die Lösung im Traum schon fast gefunden gehabt. Da stieß der Zwerg mich ins Zimmer hinein und schlug die Tür von außen zu.

Monstradamus

Und dann?

Ariadne

Von dem Stoß bin ich aufgewacht. In dem Zimmer, in dem ich jetzt bin. Ich habe mich gleich vor den Bildschirm gesetzt und die Frage des Zwerges nach dem Labyrinth eingetippt, weil ich Angst hatte, sie zu vergessen. Aber sie schwirrt mir bis jetzt im Kopf herum.

Monstradamus

Ist es dasselbe Zimmer wie im Traum?

Ariadne

Schwer zu sagen. Von der Größe her schon.

Romeo-y-Cohiba

Und was war das für ein Mann mit Muttermal an der Nase?

Ariadne

Das weiß ich nicht. Den habe ich nie zuvor gesehen.

Romeo-y-Cohiba

Könntest du ihn näher beschreiben? Wo genau war das Muttermal?

Ariadne

Seitlich, zwischen Wange und Nasenflügel. Auffällig war auch dieser Hufeisen-Schnauzbart. Dazu Vollglatze. Stämmig. Außerdem weiß ich noch, daß seine Hand, die auf dem Kissen lag, eine Tätowierung hatte: Es war ein Anker, umwunden von einem Dollarzeichen. Ich dachte noch, es könnte vielleicht das Emblem seines Jachtklubs sein. Ein properes Mannsbild, alles in allem.

Romeo-y-Cohiba

Vielen Dank, meine Liebe.

Nutscracker

Mir scheint, da hat sich einer wiedererkannt. Hab ich recht, Romeo?

Romeo-y-Cohiba

Properes Mannsbild hat noch nie jemand zu mir gesagt. Aber so ein Tattoo hab ich tatsächlich am Arm.

Nutscracker

Gibt es Meinungen?

Organizm(-:

Ich verstehe nicht ganz: Wollen wir hier im Ernst irgendwelche Träume diskutieren?

UGLI 666

Ich denke …

Nutscracker

Neuzugänge sollten sich der Gemeinde bitte als erstes vorstellen. Du denkst was?

UGLI 666

Daß der Herrgott ihr diese Vision gesandt hat, damit wir bereuen.

Romeo-y-Cohiba

Na großartig. Die sperren uns hier ein, und wir sollen bereuen? Was denn, wenn man fragen darf?

UGLI 666
Das, wofür wir eingesperrt sind.
Romeo-y-Cohiba
Und das wäre?
UGLI 666
Das weiß jeder selbst am besten. Geschrieben steht: Denn es ist kein Mensch, der nicht sündigt, und lebte er nur einen Tag.
Organizm(-:
Ugli, bist du Mann oder Frau?
UGLI 666
Das tut nichts zur Sache.
Organizm(-:
Was ist denn mit dem/der los, will der/die uns verarschen?
Monstradamus
Nein, ich denke, er/sie meint es ernst.
UGLI 666
Ich bin weiblichen Geschlechts, wenn es euch so sehr interessiert. Ich heiße xxx, bin xxx von Beruf und ausgebildete xxx, aber der Berufung nach xxx seit je. Eure Beiträge habe ich gelesen. Ich wüßte nicht, was es meinerseits hinzuzufügen gäbe. Und was den Ernst oder Unernst meiner Äußerungen angeht – ich scherze nie, das laßt euch gesagt sein.
Organizm(-:
Dann sag mal, Ugli, hast du dir die Ansichten passend zum Namen gebastelt, oder hat man dir den rechten Namen für deine Ansichten verpaßt?

UGLI 666
Mein Name steht für meine Sünden. Wie der deinige auch.
Organizm(-:
Aber weißt du denn, was er bedeutet? UGLI kommt nicht von ugly, wie du vielleicht annimmst. Es bedeutet: Universal Gate for Logic Implementation. Ein Logikbaustein, das weiß ich noch von der Hochschule. Solltest du also dein Weltbild nach dem Namen ausgerichtet haben, bist du auf dem ganz falschen Dampfer.
Monstradamus
Wir waren bei Ariadnes Traum. Es besteht die Meinung, er könnte ihr extra vorgeführt worden sein, um uns allen etwas mitzuteilen.
Romeo-y-Cohiba
Was soll das heißen: extra vorgeführt? Ein Traum ist doch kein Kino. Und wenn er für uns alle bestimmt ist, wieso kriegt ihn dann nur Ariadne zu sehen?
Organizm(-:
Du kommst auch noch dran, keine Bange.
Romeo-y-Cohiba
Glaubt ihr, dieses Monster mit Bronzehelm könnte vor unserer Tür umgehen?
UGLI 666
Man muß ja nicht alles wortwörtlich nehmen. Die Tür im Traum war aus Holz, mit einem Stierkopf als Knauf. Hier ist sie aus Bronze und trägt ein Höllensymbol. Träume sind Metaphern.
IsoldA
Ariadne hat von Romeo geträumt, und zwar so, daß

er sich darin wiedererkannt hat. Was soll daran Metapher sein?

Romeo-y-Cohiba

Wiedererkannt? Es gab ein paar übereinstimmende Details, mehr nicht.

IsoldA

Aber was für welche! Anker mit Dollarzeichen – so ein Tattoo sieht man nicht alle Tage.

Romeo-y-Cohiba

Reden wir Klartext. Es stimmt, auf meinem Handrücken, knapp überm Gelenk, gibt es ein Tattoo. Eine Erdölquelle, die durch ein Dollarzeichen sprudelt. Schaut man verkehrt herum, könnte man es unter Umständen für einen Anker halten. Das ist alles. Ich weiß nicht, von was für einem Tattoo Ariadne geträumt hat. Das Emblem meines Jachtklubs sieht jedenfalls ganz anders aus.

Sartrik

Ein xxx Matrose.

Nutscracker

Ich darf Neuzugänge noch einmal bitten, sich vorzustellen.

Sartrik

Mich xxx es wie xxx. Mir tut alles weh.

Monstradamus

Was ist, bist du geschlagen worden?

Sartrik

Mir ist schlecht. Krieg ich hier irgendwo ein Bier?

Monstradamus

Sehr unwahrscheinlich. Einen zuviel getankt gestern?

Sartrik
Scheint so.
Nutscracker
Wie bist du hier reingekommen?
Sartrik
Ich erinnere mich an nichts.
Romeo-y-Cohiba
Laß den Mann in Frieden, der soll erst mal zu sich kommen. Könnte man Ariadnes Traum nicht auch wissenschaftlich deuten? Monstradamus scheint mir der Experte dafür zu sein.
Monstradamus
Was meinst du mit wissenschaftlich?
Romeo-y-Cohiba
Na, zum Beispiel dieser Asterisk, man beachte die Größe, den fetten Helm. Symbol für das männliche Glied im erigierten Zustand.
Organizm(-:
Und die beiden Zwerge sind die männlichen Eier, ja?
Nutscracker
Entspann dich, Romeo. Mitunter ist eine Cohiba auch bloß eine Zigarre.
IsoldA
Könntet ihr das nicht unter euch ausmachen?
UGLI 666
Ich schließe mich der Bitte an.
Organizm(-:
Bedauerlicherweise ist es uns nicht möglich, mal eben kurz vor die Tür zu gehen.

Romeo-y-Cohiba

Du hast mir nicht geantwortet, Monstradamus. Läßt der Traum sich analysieren?

Monstradamus

Was das Schwanzsymbol angeht, dazu hat Nußknacker alles gesagt. Aber ich hätte ein paar Beobachtungen mitzuteilen, die eine andere Problematik betreffen. Natürlich nur, wenn es euch interessiert.

Nutscracker

Bitte!

Monstradamus

Da wären zunächst die Namen. Hat jemand diesbezüglich eine Idee?

UGLI 666

Namen von Höllengeistern.

Monstradamus

Seife, Toilettenpapier und weitere Hygieneartikel tragen ein Symbol, das einem Fußnotensternchen ähnelt. Auf englisch: asterisk. Ariadne hat von jemandem geträumt, der genauso heißt. Und Asterios schwingt auch mit.

UGLI 666

Asterios, was ist das?

Monstradamus

Asterios, Sohn des Minos und der Parsiphae, halb Mensch, halb Tier, auf Kreta hausend. Besser bekannt als Minotaurus.

Sartrik

Ist das der auf der Remy-Martin-Flasche?

Organizm(-:
Nein, der auf der Remy-Martin-Flasche ist ein Zyklop. Minotaurus, das ist so ein kleines Monster mit Stierkopf.
Sartrik
Mein Gott, ist mir schlecht.
Monstradamus
Nun zu der Doppelaxt an der Tür. Auf griechisch hieß sie labros. Davon leitet sich das Wort Labyrinth ab, die Wohnstatt des Minotaurus. Einigen Quellen zufolge ein herrlicher Palast mit einer Unzahl von Fluren und Gemächern, während andere von einer verzweigten, stinkenden Höhle sprechen, in der ewige Finsternis herrscht. Wobei es sein kann, daß hier die Vertreter unterschiedlicher Kulturen ihre subjektiven Eindrükke von ein und derselben Örtlichkeit wiedergeben.
IsoldA
Was hat eine Axt mit einem Labyrinth zu tun?
Monstradamus
Diese Art Axt findet sich auf Kreta. Daselbst gab es früher einmal ein Labyrinth. Das ist vorläufig alles, was ich dazu sagen kann.
UGLI 666
Vielleicht wurde der Minotaurus mit solch einer Axt erschlagen?
Monstradamus
Ich bin noch bei den Namen. Neben Asterios und Asterisk gibt es eine weitere Übereinstimmung, die sich schwer übersehen läßt. Den Traum hat Ariadne geträumt, die auch diesen Thread hier mit einer Frage

zum Labyrinth eröffnet hat. Die Schwester des Minotaurus hieß Ariadne.

IsoldA

Was aber doch ein weitverbreiteter Name ist. Ich hab zu Hause eine Creme gegen trockene Haut, die heißt Ariadne's Milk.

Romeo-y-Cohiba

Diese Namen und die Übereinstimmungen, das ist ja alles schön und gut. Aber ich wüßte gern etwas anderes: Was machen wir jetzt?

Monstradamus

Was sollen wir machen? Auf Theseus warten, der uns aus dem Labyrinth führen wird. Und darauf hoffen, daß der Spaß nicht gar zu lange dauert.

UGLI 666

Ach, soll das Ganze ein Spaß sein?

Monstradamus

Einen gewissen Humor kann man unseren Gastgebern jedenfalls nicht absprechen.

Romeo-y-Cohiba

Ich mußte bis jetzt noch kein einziges Mal lachen.

Nutscracker

Monster hat recht. Ganz ohne Humor ist die Sache nicht, wenn auch von infernalischer Art. Hier werden seriöse Menschen gezwungen, sich mit schwachsinnigen und beleidigenden Namen anzusprechen. Man steckt sie in neckische altgriechische Chitons und setzt sie vor diese Bildschirme. Und das Internet, in das wir uns dort einloggen, hat mit dem richtigen so viel gemein wie wir mit den alten Griechen.

Organizm(-:
So weit davon entfernt ist es nun auch wieder nicht. Das Design imitiert den Internetauftritt des Guardian. Die haben dieselbe Kopfzeile: Guardian Unlimited. Und genauso einen Chat. Mit dem Unterschied, daß dort Hunderte von Threads existieren. Wir haben bloß den einen.
Monstradamus
Guardian Unlimited: ein sinnvoller Name. Unser Wächter scheint sich in der Tat alles erlauben zu dürfen.
Nutscracker
Das Merrill-Lynch-Logo auf der Fahne ist noch so ein Witz.
Organizm(-:
Die Fahne hat Ariadne im Traum gesehen, man weiß also nicht, wer hier den Witz macht: sie oder unsere Moderatoren.
Monstradamus
Ich wollte dieses heikle Thema nicht anschneiden. Aber man darf die Möglichkeit nicht außer acht lassen, daß Ariadne selbst nur ein Scherz unserer werten Moderatoren ist, wie Organismus sie nennt.
Organizm(-:
Wieso?
Monstradamus
Weil sie, phänomenologisch gesehen, nur in Form von Beiträgen unklarer Herkunft existiert, die mit Ariadne überschrieben sind.

Ariadne
Vielen Dank auch. Ariadne.
Monstradamus
Ariadne, bitte, das darfst du nicht übelnehmen. Ich spreche von der hypothetischen Möglichkeit. Das heißt nicht, daß ich dich irgendwie verdächtige. Gleiches ließe sich über jeden von uns sagen.
Organizm(-:
Was bedeutet phänomenologisch?
Monstradamus
Wie jetzt zum Beispiel diese Zeile von mir vor deinen Augen erscheint.
Ariadne
Ich habe erzählt, wie es war.
Nutscracker
Das hat keiner bezweifelt. Nebukadnezar theoretisiert nur, nicht wahr?
Monstradamus
Ich bin nicht Nebukadnezar.
Nutscracker
Pardon, Monstradamus.
Monstradamus
Ich bin auch nicht Monstradamus, also egal.
Organizm(-:
Was ich mich die ganze Zeit frage … Entweder hats noch keiner gemerkt, oder alle haben es gemerkt, und keiner spricht es an …
Romeo-y-Cohiba
Was denn?

Organizm(-:
Wir setzen unsere Beiträge nicht als ganze ab wie sonst in Chats üblich. Sie erscheinen Buchstabe für Buchstabe auf dem Bildschirm, in Echtzeit. Wir können einander sogar ins Wort fallen, dann erscheinen drei Punkte hinter dem abgebrochenen Satz.
Nutscracker
Ich denke, das haben alle gemerkt.
Organizm(-:
Und dazu kommt, daß bis jetzt, wenn ich es recht sehe, noch keiner einen einzigen Rechtschreibfehler gemacht hat. Nicht mal einen Tippfehler. Das ist doch seltsam, oder nicht?
Monstradamus
Stimt.
Nutscracker
Unser gahnzes Gesprech leuft über rechtschraibkontrole.
IsoldA
Spint ir jetz, odr wass?
Romeo-y-Cohiba
Nain. Ich dnke nich dahran.
Monstradamus
Ichauch nihct. Dassin die Motteratohren.
Romeo-y-Cohiba
Höhrt auf unzzu ferarschn, ir Sekke!
UGLI 666
Ruhig Blut, Romeo. So hilfst du uns auch nicht weiter.
IsoldA
Ah! Jetzt hat es aufgehört!

Organizm(-:
Alle Achtung, Romeo. Auf dich haben sie gehört. Komm, befiehl unseren Moderatoren noch was.
Romeo-y-Cohiba
Ihr könnt mich mal xxx. Am besten xxx!
IsoldA
Sie lesen jedes unserer Worte.
Monstradamus
Vielleicht hält Theseus deswegen still?
Organizm(-:
Welcher Theseus nun wieder?
Nutscracker
Der, der den Minotaurus zur Strecke gebracht hat. Beziehungsweise die Absicht hat. Monstradamus, was willst du damit sagen?
Monstradamus
Ich meine, vielleicht ist er schon hier und will nur nicht, daß der Moderator ihn bemerkt, der, wie ich vermute, in diesem Bronzepilz steckt.
Romeo-y-Cohiba
Du redest von ihm so, als hättest du ihn gerade mit eigenen Augen gesehen. Dabei haben wir bislang keinen Grund anzunehmen, daß er überhaupt existiert.
Ariadne
Von wem sprichst du, Theseus oder Asterisk?
Romeo-y-Cohiba
Von beiden.
Monstradamus
Genausowenig gibt es einen Grund anzunehmen, daß du existierst, Romeo.

Romeo-y-Cohiba
He, so fang gar nicht erst an, hörst du?
Ariadne
Vielleicht ist Theseus ja einer von uns.
Nutscracker
Vielleicht ist Minotaurus ja einer von uns.
Organizm(-:
xxx! Ich wette eins zu hundert, daß Monstradamus hinter Minotaurus steckt.
Monstradamus
Hört auf mit dem Quatsch.
Organizm(-:
Theseus, melde dich!
IsoldA
Gib wenigstens ein Zeichen, daß du hier bist! Theseus!
Monstradamus
Mal etwas anderes. Wenn die Moderatoren so bereitwillig auf unsere Wünsche eingehen, könnten wir sie doch eigentlich bitten, die Tür aufzuschließen!
UGLI 666
Wissen wir denn, was dahinter ist?
Organizm(-:
Das werden wir sehen.
Romeo-y-Cohiba
Ich wäre an eurer Stelle etwas vorsichtiger. Sonst geht die Tür wirklich noch auf.
Ariadne
Ich habe ein kleines Gedicht geschrieben. Für Monstradamus.

Monstradamus
Laß sehen!
Ariadne
Der Asterix tut uns schon nix! …
Mond tanzt auf Axt. Ein Witzbold flachst:
»Elementar, mein lieber Wat-«
Die Tür geht auf … Du lieber Gott.
Monstradamus
Düster! Aber ich hab's wohl nicht besser verdient mit meinen Unterstellungen.
Organizm(-:
Achtung, es folgt ein Experiment. Sesam, öffne dich!
UGLI 666
Gott steh mir bei!
Romeo-y-Cohiba
Ich hatte euch gewarnt!
Ariadne
Passiert das bei allen?
Monstradamus
Bei mir ja.
UGLI 666
Meint ihr die Musik oder die Tür?
Ariadne
Beides.
IsoldA
Ich sehe Himmel. Er ist grau. Eine Art Park. Scheint alles ruhig zu sein. Ich geh mal auf Erkundungstour.
Romeo-y-Cohiba
He, Isolde, warte! Das könnte gefährlich sein!

UGLI 666
Es ist dunkel da draußen.
Romeo-y-Cohiba
Isolde!
Nutscracker
Hatten alle die Trompetenmusik?
Ariadne
Meinst du, daß das Trompeten waren?
Organizm(-:
Sesam, schließe dich!
Nutscracker
Na xxx sei Dank.
Monstradamus
Bitte in Zukunft keine solchen Experimente mehr, Organismus!
Romeo-y-Cohiba
Und wie stellt ihr euch vor, daß Isolde wieder reinkommt? Sesam, öffne dich!
Nutscracker
xxx, Mann! Jetzt geht das wieder los!
Monstradamus
Wir sollten in aller Ruhe Ausschau halten.
Organizm(-:
Aha. Ich glaube, ich habs. Wenn die Tür offen ist, fährt oben dieser Hebel heraus. Sieht aus wie ein behufter Fuß.
UGLI 666
Bewahre meine Seele und errette mich!
Nutscracker
Da muß man draufdrücken, wenn man will, daß die

Tür wieder zugeht. Und zum Öffnen muß man gegen die Axt in der Mitte drücken. So kann jeder bei sich auf- und zumachen, wie er will.

Romeo-y-Cohiba

Funktioniert.

Monstradamus

Was gibt es bei euch draußen zu sehen?

Ariadne

Bei mir nur ein zweites Zimmer.

UGLI 666

Schummriges Licht. Bänke, viele Bänke.

Romeo-y-Cohiba

Endlich frische Luft.

Sartrik

Zwei Kühlschränke mit Bier. Gibt also doch einen lieben Gott!

Organizm(-:

Wände aus Sperrholz, die wie Backsteine angestrichen sind. Alles ziemlich dürftig.

Nutscracker

Bei mir steht alles voller Elektronik.

Organizm(-:

Ich habe Hunger. He, ihr Moderatoren, kriegt man hier mal was zu beißen? Uups! … Der Wunsch scheint angekommen zu sein … Aha, das Ding muß man so umklappen … und das da so … Oho! Toll.

Monstradamus

Was ist toll?

Romeo-y-Cohiba

Was gabs bei dir umzuklappen, erzähl schon.

Organizm(-:
Sie haben Pfannkuchen springen lassen, mit Marmelade gefüllt. Gar nicht übel für die alten Griechen. Jetzt würde ich aber gerne in Ruhe essen. Mahlzeit!
Romeo-y-Cohiba
Laß es dir schmecken. Sag vorher bloß noch schnell, was du umgeklappt hast.
Organizm(-:
Mit vollem Mund spricht man nicht.
Ariadne
Organismus! Nur einen kleinen Tip! Dann kannst du in Ruhe essen.
Nutscracker
Merkst du nicht, wie viele Leute dich um etwas bitten?
Organizm(-:
Ich bin beschäftigt.
UGLI 666
Ich habe früher nie verstanden, wieso Völlerei eine Sünde sein soll. Bis mein geistiger Führer es mir erklärt hat. Völlerei an sich ist nichts Schreckliches. Aber sie ist ein Indiz für die Schändlichkeit der Seele. Genau wie Unzucht. Es funktioniert nicht so, daß die Seele davon schändlicher wird. Es ist ein Ausdruck dafür, daß sie es schon ist.
Romeo-y-Cohiba
Denk nur nicht, daß er sich davon beeindrucken läßt.
Monstradamus
He, ihr Moderatoren! Gebt uns allen was zu essen!
Ariadne
Da war ein Geräusch. Aber ich sehe kein Essen.

Monstradamus
Rechts vom Bildschirm ist ein Klappe. Die Klappe muß man anheben, dahinter steht ein Tablett.
Ariadne
Ich habs, vielen Dank.
Romeo-y-Cohiba
Und was gabs da nun umzuklappen? Organismus hat gemeint, da wä…
Ariadne
Damit hat er uns nur angeschmiert, Romeo. Ein schlechter Scherz.
Nutscracker
Laßt uns erst mal essen. Wünsche guten Appetit.
IsoldA
Bin zurück. Ist da wer?
Romeo-y-Cohiba
Ich. Alles o.k. bei dir?
IsoldA
Ja.
Romeo-y-Cohiba
Ich hab mir Sorgen gemacht.
IsoldA
Aber ich war doch nur kurz weg. Wo sind die anderen?
Romeo-y-Cohiba
Beim Essen. Wir sind allein.
IsoldA
Was ist vor deiner Tür?
Romeo-y-Cohiba
Ein Labyrinth aus geschlossenen Hecken, akkurat gestutzt, höher als ich. Dazwischen ein Kiesweg.

IsoldA
Ich hab auch solche Hecken, links und rechts der Allee.
Romeo-y-Cohiba
Allee?
IsoldA
Vor meiner Tür liegt ein Park. Die Allee fängt hier an und führt mitten hinein. Gesäumt von Hecken, darüber Baumkronen.
Romeo-y-Cohiba
Bei mir ist es eher ein schmaler Korridor zwischen den Büschen, Allee würde ich das nicht nennen. Und er fängt auch gleich an, um die Ecke zu gehen, man sieht nichts außer Laub. Sieht aus wie ein maschinell durch das Gebüsch geschnittener Gang.
Ariadne
Welche Farbe hat der Kies?
Romeo-y-Cohiba
Beige.
Ariadne
Bei mir auch! Wir sind bestimmt Nachbarn!
Romeo-y-Cohiba
Was hast du noch gesehen?
IsoldA
Ich bin nicht weit gegangen. Es gibt viele solcher Alleen, sie verzweigen sich ständig und führen im Kreis herum. Aber mir war nicht bange, im Gegenteil: Was ich sah, machte einen angenehmen Eindruck auf mich. Ein verzwicktes Labyrinth, aber verlaufen kann man sich darin nicht.

Romeo-y-Cohiba
Wieso nicht?
IsoldA
Weil an jedem Abzweig ein Plan hängt, darauf ist jedesmal ein Zeichen: »Sie befinden sich hier!«
Romeo-y-Cohiba
Das ist komfortabel ... Aber ein Zeichen »Der Minotaurus befindet sich hier!« gab es nicht zufällig?
IsoldA
Nein.
Romeo-y-Cohiba
War nur ein Scherz. Bist du irgendwem begegnet?
IsoldA
Nein. Obwohl mir ein paarmal so war, als stünde hinter der nächsten Biegung einer.
Romeo-y-Cohiba
Und gab es etwas, was an Ariadnes Traum erinnerte?
IsoldA
Ja, schon. Aber nur ungefähr. Einmal habe ich oberhalb der Büsche irgendwelche Dächer gesehen. Allerdings in ziemlicher Entfernung. Und Springbrunnen gibt es, mit Figuren.
Romeo-y-Cohiba
Auch so einen, wie Ariadne ihn beschrieben hat?
IsoldA
Ich weiß nicht. Ich bin an mehreren Weggabelungen vorbeigekommen, an jeder war so eine kleine ... wie soll ich es nennen ... eine Art Oase vielleicht. Bäume und Brunnen mit bronzenen Tierfiguren. Am ersten zum Beispiel Hase und Schildkröte: einander gegen-

übersitzend, die Köpfe zum Himmel erhoben, aus den offenen Mäulern kam je ein langer, dünner Wasserstrahl. Ehrlich gesagt, sah das ein bißchen blöd aus: als wollten sie an die Decke spucken, die aber viel zu hoch ist, so daß ihnen die Spucke zurück auf den Kopf klatscht. An der nächsten Gabelung war wieder ein Brunnen, diesmal mit Fuchs und Rabe. Der Rabe saß im Wipfel eines Baumes und war ziemlich groß, sah eher nach einem Adler aus. Es führte eine versteckte Wasserleitung hinauf, der Fuchs saß auf den Hinterpfoten, die Schnauze in Richtung des Raben gereckt, er schien ihn mit dem Wasserstrahl aus seiner Kehle treffen zu wollen, aber der reichte nicht hoch genug. Der Rabe saß da mit erhobenen Flügeln und aufgerissenem Schnabel, aus dem sprang ein zweiter Strahl hervor, es sah aus, als müßte er sich pausenlos übergeben …

Sartrik

Kann ich gut verstehn.

IsoldA

Was kannst du gut verstehen?

Romeo-y-Cohiba

Vergiß es. Du bist eine begabte Erzählerin, Isolde. Ich habe alles ganz bildhaft vor mir gesehen.

IsoldA

Eins vergaß ich noch zu sagen: Die Pläne, die da überall hingen, sahen aus wie alte Kupferstiche, nichts Modernes. Genauer gesagt, wie Kupferstiche in Photokopie, vergrößert. Und darauf stand in so merkwürdig schrägen Buchstaben: *Plan du labyrinthe de versailles*. Was könnte das heißen? Hat es etwas mit *verse* zu tun? Weil Fabeltiere auf den Brunnen sitzen?

Romeo-y-Cohiba

Das Labyrinth von Versailles. Sieht aus, als hätten wir Glück gehabt.

IsoldA

Ach, Versailles? Es stand da aber kleingeschrieben.

Monstradamus

Das zählt meines Erachtens nicht zu den größten der uns umgebenden Merkwürdigkeiten.

Romeo-y-Cohiba

Sich in fremde Gespräche zu mischen ist unfein.

Monstradamus

Pardon, war nicht zu erkennen, daß es fremd ist.

IsoldA

Und wo bist du gewesen, Romeo?

Romeo-y-Cohiba

Ich war noch nicht draußen.

IsoldA

Warum nicht?

Romeo-y-Cohiba

Das kommt mir alles wie eine Falle vor.

IsoldA

Ich vermute das auch. Aber wir sitzen ja sowieso drin. Der Raum, in dem du hockst, gehört genauso dazu wie das, was vor der Tür ist.

Romeo-y-Cohiba

Schon wahr. Man sollte einen Erkundungsgang unternehmen. Vielleicht finde ich den Weg zu deinen Brunnen.

IsoldA

Warte, Romeo. Dort draußen ist es schon dunkel. Hat Zeit bis morgen. Erzähl mir lieber, wie du aussiehst. So, wie Ariadne sagte?

Romeo-y-Cohiba

Ich frage mich, wieso ihr alle glaubt, daß sie von mir geträumt hat. Tattoo und Schnauzbart sind das einzige, was zutrifft. Über das Tattoo haben wir schon geredet. Und der Bart ... Es wäre dasselbe, als wolltest du jemanden anhand der Farbe seiner Krawatte identifizieren.

IsoldA

Stimmt es, daß du eine Glatze hast?

Romeo-y-Cohiba

Glatze nicht, sondern rasiert. Das ist ein großer Unterschied. Glatze hat mit Ausweglosigkeit zu tun, Rasieren hingegen ist eine Frage der Selbstachtung. Nur von sehr weitem kann man das verwechseln. Und mein Muttermal ist ganz klein, fast nicht zu sehen. Außerdem hat doch jeder irgendwo eins.

IsoldA

Bist du schön?

Romeo-y-Cohiba

Was heißt schön?

IsoldA

Na, wenn es Freude macht, einen anzuschauen.

Romeo-y-Cohiba

Wem Freude macht? Mir selber? Ich hab mich an den Anblick gewöhnt. Und anderen ... Da würde ich sagen: je nachdem. Eins kann ich mit Bestimmtheit sagen: In meiner Nähe muß man keine Angst haben.

IsoldA

Wie meinst du das? Daß ich vor dir keine Angst haben muß? Oder keine Angst vor gar nichts, wenn ich an deiner Seite bin?

Nutscracker

Er will damit sagen, daß du an seiner Seite keine Angst haben mußt – nicht mal vor ihm selber.

Romeo-y-Cohiba

Kann man sich hier mal in Ruhe unterhalten, oder was? – Und du, Isolde? Dürfte ich etwas mehr über dich erfahren?

IsoldA

Was möchtest du wissen?

Romeo-y-Cohiba

Na, zum Beispiel ... Magst du Gedichte?

IsoldA

Manchmal schon.

Romeo-y-Cohiba

Und wer ist dein Lieblingsdichter?

IsoldA

Caroline Kennedy.

Romeo-y-Cohiba

Was hat sie geschrieben?

IsoldA

»Die Lieblingsgedichte von Jacqueline Kennedy-Onassis«.

Romeo-y-Cohiba

Aha ... Und wie siehst du aus?

IsoldA
Wie möchtest du denn, daß ich aussehe?
Romeo-y-Cohiba
Ich möchte die Wahrheit wissen.
IsoldA
Mittelgroß. Dunkelhaarig. Grüne Augen. Angeblich schön.
Romeo-y-Cohiba
Könntest du dich so beschreiben, daß ich es mir vorstellen kann?
IsoldA
Einmal hat man mir gesagt ... aber ich weiß nicht, ob das hierhergehört.
Romeo-y-Cohiba
Was hat man dir gesagt?
IsoldA
Ich sähe aus wie Monica Lewinsky als Mona Lisa auf dem Cover des New Yorker. Nur fünfmal jünger.
Romeo-y-Cohiba
Du siehst also aus wie Monica Lewinsky?
IsoldA
Bewahre!
Romeo-y-Cohiba
Also wie die Mona Lisa?
IsoldA
Überhaupt nicht. Klingt vielleicht blöd.
Romeo-y-Cohiba
Klingt nicht blöd, ich verstehs bloß nicht.
Monstradamus
Ich will es dir erklären. Monica Lewinsky ist ohne

Geheimnis, und die Mona Lisa ist ohne Sex. Aber wenn man sich das schillernde Geheimnis der Mona Lisa verschmolzen mit der irdischen Sinnlichkeit einer Monica Lewinsky vorstellt und den Zauber der ersten Jugend hinzufügt, kommt Isolde dabei heraus. Richtig?

Romeo-y-Cohiba

Wie oft soll ich dir noch sagen, Nebukadnezar, daß du dich nicht in fremde Gespräche reinhängen sollst?

Monstradamus

Ich bin nicht Nebukadnezar.

Romeo-y-Cohiba

Trotzdem. Hör auf damit. Wolltest du nicht was essen? Tus endlich.

Monstradamus

Ich habe schon gegessen.

Romeo-y-Cohiba

Dann trink was! Isolde, die lassen uns hier nicht in Frieden.

IsoldA

Es ist schon spät. Gehen wir schlafen.

Romeo-y-Cohiba

O.k. Bis morgen, falls wir es erleben.

IsoldA

Das wollen wir doch hoffen. Was ich noch sagen wollte: Ich trage einen Pferdeschwanz.

Ariadne

Wenn das keine Liebe ist.

Monstradamus

Sie haben ja auch keine andere Wahl – bei den Namen … Stell dir vor, du hießest Romeo. Was bliebe dir übrig?

Organizm(-:

Nichts, als ein Päckchen Kondome einzustecken und auf die Suche nach Julia zu gehen.

Nutscracker

Oder eine Pump-Gun zu schnappen und auf die Suche nach Shakespeare zu gehen.

Romeo-y-Cohiba

He, könnt ihr nicht endlich still sein?

Nutscracker

Du, Romeo? Wir dachten, du bist längst im Bett.

Monstradamus

Ariadne! Falls du wieder vom Bronzepilz träumst, versuche herauszukriegen, was er sich so denkt.

:-))

Monstradamus
Ariadne, bist du schon wach?
Ariadne
Wo sind denn die anderen?
Monstradamus
Keine Ahnung. Die schlafen bestimmt noch. Und? Hast du etwas geträumt?
Ariadne
Ja.
Monstradamus
Erzähle!
Ariadne
Es war wie eine Vorlesung. Ich saß in einem Hörsaal – irgendeine technische Hochschule vielleicht, nach den vielen längs der Wand stehenden Gerätschaften zu urteilen. Was für welche, kann ich nicht sagen; manche hatten fernseherähnliche Bildschirme, andere erinnerten mit ihren vielen Federn und Gewichten an Waagen. Der Hörsaal hatte etwas von einem Amphitheater, dichte Reihen bis ganz zur Tafel hinunter, neben der der Zwerg stand, mit dem ich am Brunnen gesprochen hatte. Sonst war niemand weiter im Saal. Die schematische Darstellung irgendeines komplizierten Mechanismus nahm die ganze Tafel ein.

Monstradamus
Kannst du dich entsinnen, was vorher war? Wie du dort hingekommen bist?
Ariadne
Nein. Der Zwerg winkte mir wie einer alten Bekannten und sagte, ihm sei unser Wunsch zu Ohren gekommen, etwas darüber zu erfahren, was ihr Herr sich so denkt. Genau darum werde es in der Vorlesung gehen, sagte er. Ich fand dies alles im Traum sehr einleuchtend, es warf bei mir keinerlei Fragen auf. Auch wenn natürlich manches seltsam war. Zum Beispiel war die Zeichnung nicht mit Kreide an die Tafel gemalt, sondern eingraviert wie in eine Kupferstichplatte. Das erkannte ich erst, als der Zwerg, um einen Fehler zu verbessern, einen Stichel nahm und lange Plastikspäne aus der Tafel schabte, wodurch weiße Linien entstanden.
Monstradamus
Und was stellte die Zeichnung dar?
Ariadne
Asterisks Geist.
Monstradamus
Seinen Geist??
Ariadne
Ja. Überschrieben war die Zeichnung mit DER SCHRECKENSHELM. Doch der Zwerg betonte immer wieder, es handele sich weder um eine Kopfbedeckung noch um ein technisches Gerät, nein, es sei der Geist seines Herrn – obwohl alles danach aussah, als wäre es der Aufbau irgendeiner Maschine. Das

Gehäuse ähnelte in der Form einem Helm. Genau so ein Ding stand übrigens auch auf dem Vorführtisch: rund, aus Bronze, mit einem nach innen gezogenen Visier, in dem viele kleine Löcher waren.

Monstradamus

Was bedeutet »nach innen gezogen«?

Ariadne

Der untere Teil des Visiers zog sich durch einen waagerechten Schlitz an der Frontseite bis ins Innere des Helms. Dem Anschein nach war das Gerät sehr alt, von Patina überzogen, auch die Seitenteile. Wie der Helm eines römischen Gladiators, könnte man sagen, wenn nicht die Hörner gewesen wären. Sie saßen am oberen Teil und waren nach hinten gebogen. Das war mir schon auf dem Platz am Brunnen aufgefallen, als Asterisk an mir vorbeilief – nur daß sein Helm da größer war und komplizierter gebaut, mit diesen vielen kleinen Gestängen. Der Zwerg meinte, dies hier sei ein vereinfachtes Modell. Was er darüber erzählte, klang sonderbar.

Monstradamus

Könntest du es wiedergeben?

Ariadne

Ich erinnere mich, daß der Schreckenshelm aus mehreren Hauptbaugruppen und einer Vielzahl von Nebenbaugruppen bestand. Die Teile trugen seltsame Namen: Frontkescher, Jetztgitter, Labyrinthscheider, Überflußhörner, Tarkowski-Spiegel und so weiter. Jetztgitter und Frontkescher bildeten zusammen die größte Einheit, verschmolzen dabei regelmäßig zu einem Ganzen. Der Kescher – so hieß das perforierte Visier – befand sich außen, das Gitter innen. Es teilte den Helm in eine obere und eine untere Kammer, schon deshalb hätte kein menschlicher Kopf, auch nicht der kleinste, hineingepaßt. Das Jetztgitter trenne Vergangenheit und Gegenwart voneinander, erläuterte der Zwerg. Was wir als »jetzt« empfinden, liege genau im Gitter, daher der Name. Die Vergangenheit sei im oberen Teil des Helms gelegen, die Zukunft im unteren.

Monstradamus

Das klingt irgendwie unlogisch. Nicht vielleicht andersherum?

Ariadne

Nein, das weiß ich noch genau. Im weiteren erklärte der Zwerg die Arbeitsweise des Helms. Erst müsse man das Prinzip verstehen, sagte er, hinterher könne man sich in die Details vertiefen. Weil es sich um einen geschlossenen Funktionskreislauf handele, sei es gleich, an welchem Punkt die Erläuterung ansetze. Nehmen wir also an, begann er, der sanfte Widerschein eines Sommertags legte sich auf unser Gesicht. Etwa so gibt der Frontalkescher, erhitzt von der auf ihn treffenden Fülle an Eindrücken, die Wärme an das Jetztgitter ab. Dieses sublimiert die im oberen Helmteil abgelagerte Vergangenheit, die hierdurch in einen nebulösen Zustand versetzt und unter dem Druck der Ereignisse in die Überflußhörner gehoben wird. Die Überflußhörner treten aus der Stirn aus, laufen seitlich um den Helm herum und flechten sich in den

Nackenzopf, der zur Helmbasis hinabführt. Dort, unterhalb des Jetztgitters, befindet sich der Bereich der Zukunft, wohin der Ausstoß der im Nackenzopf entstehenden Hoffnungsblasen erfolgt. Die Blasen steigen auf und platzen am Jetztgitter, womit sie den Druck der Ereignisse erzeugen, der dafür sorgt, daß im Labyrinthscheider eine Fülle an Eindrücken entsteht. Selbige wiederum prallt gegen den Frontkescher, heizt das Jetztgitter auf und regeneriert so die für den Zyklus erforderliche Energie. Besagte Wärme wie auch der Begriff des Aufheizens haben mit der üblichen, durch Feuer hervorgerufenen wenig gemein – schon eher mit der, die durch Liebe entsteht. Er verwende hier nur eine Analogie zu etwas, das mir wohlvertraut sei, sagte der Zwerg, damit ich mir die Abläufe besser vorstellen könne. Ebenso verstehe es sich, daß die Fülle an Eindrücken kein physikalisches Volumen aufweise, die Hoffnungsblasen keine richtigen Blasen seien, etc. pp.

Monstradamus

Zu behaupten, daß ich sonderlich viel verstanden hätte, wäre geprahlt.

Ariadne

Zuerst verstand ich auch überhaupt nichts, und der Zwerg forderte mich auf, Fragen zu stellen. Ich wußte nicht, womit beginnen, alles erschien mir gleich unverständlich. Also begann ich mit dem zuletzt Erwähnten und fragte, warum die Hoffnungsblasen so hießen. Der Zwerg druckste ein wenig, bevor er sagte, dies sei die offizielle Bezeichnung, ein Vorzeigewort sozusagen. In Wirklichkeit gehe es gar nicht unbedingt um Hoffnung, häufiger um Ängste und Befürchtungen, Haß, jeden Kleinkram, jeden Kaugummi, auf dem gewohnheitsmäßig herumgekaut werde ... Hier hielt der Zwerg inne, spähte verstohlen in die Runde und sagte, so zu sprechen gehöre sich nicht. Dann nahm er seinen vorherigen Dozententon wieder auf: Vom technischen Standpunkt sei es durchaus gerechtfertigt, von Blasen der Vergangenheit zu sprechen. Blasen deshalb, weil sie in jedem Moment dazu tendieren, das gesamte Volumen des Helms auszufüllen, ohne etwas anderes neben sich zu dulden, sie lassen keinen Raum und keine Sicht auf das, was sich neu ereignet. Hier tippte der Zwerg mit einem Zeigestock auf jenen Teil des Bildes, wo eine Art vertikale Wendel dargestellt war, in die die im Nacken zusammentreffenden Hörner übergingen; die Hoffnungsblasen entstehen im Nackenzopf, erklärte der Zwerg, wenn die Vergangenheit in den Überflußhörnern einen bestimmten Sättigungsgrad erreicht habe. Da nun aber die Vergangenheit sich ausschließlich aus der Vergangenheit nähre, sei auch in den Blasen nichts sonst enthalten, es sei nur ein anderer Aggregatzustand. Darum könne Asterisk, wenn er den Blick in die Zukunft richte, doch immer nur die Vergangenheit sehen. Der untere Teil des Helmes sei hauptsächlich dazu da, daß die Hoffnungsblasen abkühlen, Frühlingsfrische gewinnen, die Spannkraft des ersten Mals. Wenn sie dann am Jetztgitter platzen, werde ein Druck der Ereignisse aufgebaut, der die Vergangenheit aus dem oberen Helmteil in die Eingangskammer der Überflußhörner schiebe und durch den ganzen Labyrinthscheider, wo sich die Fülle an Eindrücken bilde.

Monstradamus

Was ist denn ein Labyrinthscheider?

Ariadne

Das ist so eine Platte mit gewundenen Schlitzen, die ungefähr in Stirnhöhe liegt, vor der Eingangskammer zu den Überflußhörnern. Der Labyrinthscheider ist der wichtigste Teil des Schreckenshelms. In ihm wird aus dem Nichts das Etwas produziert, hier entsteht die Fülle an Eindrücken. Zugleich werden Vergangenheit, Gegenwart und Zukunft voneinander geschieden. Die Vergangenheit wandert nach oben, die Zukunft nach unten, während die Gegenwart in Form einer Fülle an Eindrücken von außen durch den Frontkescher hereinfällt und im System das leidenschaftliche Verlangen entfacht, den Zyklus neu in Gang zu setzen. So entsteht eine Art Perpetuum mobile.

Monstradamus

Sekunde mal. Die Hoffnungsblasen sind nur eine spezifische Form der Vergangenheit?

Ariadne

So habe ich es verstanden, ja.

Monstradamus

Und nachdem sie geplatzt sind, haben wir Vergangenheit, Gegenwart und Zukunft?

Ariadne

So ungefähr.

Monstradamus
Die Vergangenheit zerfällt demnach in Vergangenheit, Gegenwart und Zukunft?
Ariadne
In Wirklichkeit zirkuliert da nur das Jetzt durch die verschiedenen Geisteszustände. So wie das Wasser manchmal Eis ist, manchmal Meer und manchmal Durst.
Monstradamus
Und wieso entsteht im Labyrinthscheider eine Fülle an Eindrücken?
Ariadne
Sie entsteht unter dem Druck der Ereignisse.
Monstradamus
Hm. Nein, warte: Der Labyrinthscheider befindet sich im Inneren des Helms, nicht wahr?
Ariadne
Ja.
Monstradamus
Aber du hast gesagt, die Fülle an Eindrücken trifft von außen auf den Helm. Wie kann sie das, wenn sie doch drinnen entsteht?
Ariadne
Das habe ich ihn auch gefragt. Der Zwerg hat gelacht und gesagt, dies sei nur ein scheinbarer Widerspruch. Weil nämlich Innen und Außen für sich genommen gar nicht existieren. Unter dem Druck der Ereignisse werden auch sie im Labyrinthscheider produziert, von wo sie in die Überlaufhörner dringen und zur Anreicherung der Vergangenheit beitragen, bis Hoff-

nungsblasen daraus werden. Und da es somit jenseits der Überflußhörner kein Innen und kein Außen gebe, könne der Erlebnisstrom, der drinnen entstehe, problemlos von draußen auf den Helm treffen. Gleiches gelte für alles übrige. Man dürfe dies keinesfalls als etwas real Existierendes ansehen, mahnte der Zwerg, es werde in Wirklichkeit nur induziert, ähnlich der elektromagnetischen Induktion im Transformator.

Monstradamus

Na gut. Und was ist ein Tarkowski-Spiegel?

Ariadne

Ein beschlagener kleiner Spiegel, der zwischen Zukunftsbereich und Jetztgitter im 40°-Winkel montiert ist. Die von unten eintreffenden Hoffnungsblasen werden darin gespiegelt und erscheinen auf Linie gebracht, womit sie das Gefühl erwecken, daß es tatsächlich etwas wie eine Linie gibt.

Monstradamus

Aha. Und wieso ist der Labyrinthscheider das wichtigste Bauteil?

Ariadne

Erstens entsteht dort die Fülle an Eindrücken. Zweitens entstehen dort Ich und Du, Gut und Schlecht, Rechts und Links, Schwarz und Weiß, das Hundertste und das Tausendste und dergleichen mehr. Da dieser Helmteil der allerwichtigste sei, sagte der Zwerg, belasse man ihn seit vielen Jahrtausenden in unveränderter Form. In dem Moment, wo er dies sagte, fiel ein Sonnenstrahl auf das neben der Tafel hängende Plakat mit der Abbildung einer kretischen Münze, auf die ein Labyrinth geprägt war. Das paßt ja gut! sagte der Zwerg, das da sei nämlich ein Labyrinthscheider. Sein Aussehen sei charakteristisch: mit einem Kreuz in der Mitte, wohin man gleich beim Eintreten gelangt, und einer Vielzahl paralleler Pfade um dieses Kreuz herum, die zunächst ins Ungewisse zu führen scheinen, aber dann in die alten Geleise zurückfinden. Es sei die am weitesten verbreitete Darstellung eines Labyrinths, wie man sie auf beinahe allen antiken Münzen und sonstigen Abbildungen wiederfinden könne. In Rotation versetzt, stelle dieses Labyrinth eine Gerade dar; wer also hineingerate, könne sich weder darin verirren noch aus ihm herausfinden. Darum lassen sich Überflußhörner, Jetztgitter, Labyrinthscheider sowie Vergangenheit und Zukunft als verschiedene Abschnitte ein und desselben Endlosweges ansehen, den in Wirklichkeit aber nie einer gehe.

Monstradamus

Woher der Name Überflußhörner?

Ariadne

Weil man in ihnen alles mögliche finden kann: zärtliche Gefühle, schräge Blicke, hehre Worte, letzte Gedanken und alles übrige auch. Ein wahres Depot, noch besser gesagt: eine Deponie. Doch all diese unendliche Vielfalt besteht in Wirklichkeit nur aus Vergangenem. Wenn ich es recht verstand, funktionieren die Überflußhörner wie Aufbereitungsanlagen in einer Chemiefabrik. Die unter dem Druck der Ereignisse hindurchgeleitete Vergangenheit vermischt sich mit allem übrigem, wird angereichert und aufgewertet. Infolgedessen bilden sich im Nackenzopf die Hoffnungsblasen, die durch die Zukunft blubbern, vom Tarkowski-Spiegel reflektiert werden und schließlich als die unerhörte Frische eines neuen Tages wahrzunehmen sind.

Monstradamus

Ich hatte schon die ganze Zeit das Gefühl, daß an der Sache etwas faul ist, ich wußte nur nicht, was. Jetzt glaube ich es zu wissen ... Du sprachst eben von Wahrnehmung. Wessen Wahrnehmung ist gemeint?

Ariadne

Die von Asterisk natürlich. Wessen sonst?

Monstradamus

Das ist der Punkt. Wo ist er denn, dein Asterisk? Soviel ich verstand, ist der Helm so konstruiert, daß sich nicht mal eine Faust hineinstecken läßt, geschweige ein Kopf. Danach hast du vermutlich nicht gefragt?

Ariadne

Habe ich nicht. Der Zwerg kam von selbst darauf. Asterisk entsteht da, wo alles übrige auch entsteht. Im Labyrinthscheider.

Monstradamus

Und dann?

Ariadne

Dann dringt er durch den Druck der Ereignisse in die Überflußhörner, vermischt sich mit allem übrigen, wird angereichert und kehrt in Form von Hoffnungsblasen zum Jetztgitter zurück.

Monstradamus

Du hast mich nicht verstanden. Ich frage nach dem

Subjekt der Wahrnehmung bei dieser ganzen xxx. Nach dem letzten, dem Subjekt an sich. Wo ist es?

Ariadne

Entschuldige, von einem Subjekt an sich verstehe ich tatsächlich nichts. Aber es wird sich ganz gewiß in den Überflußhörnern befinden, denn es gibt keinen anderen Ort dafür.

Monstradamus

Und wie ist es da hineingekommen?

Ariadne

Aus dem Labyrinthscheider. Wie alles übrige auch.

Monstradamus

Und wozu findet das Ganze dann überhaupt statt?

Ariadne

Das weiß ich nicht.

Monstradamus

Gut … Noch mal langsam. Wie und woher entsteht die Wahrnehmung?

Ariadne

Sie wird im Labyrinthscheider produziert.

Monstradamus

Woraus?

Ariadne

Aus der Vergangenheit. Da war sie doch vorher, oder nicht?

Monstradamus

Mag sein.

Ariadne

Warum sollte sie dann auf einmal der Gegenwart oder der Zukunft entfleuchen?

Monstradamus

Wo steckt bloß dieser Nußknacker? Allein kann ich mir keinen Reim auf das alles machen.

Nutscracker

Ich verfolge eure Unterhaltung mit großem Interesse.

Monstradamus

Und mir glüht schon bald der Schreckenshelm ... Laßt mich die Frage anders stellen. Wenn Asterisk samt Wahrnehmung und allem Drum und Dran im Labyrinthscheider produziert wird, wieso läßt sich dann sagen, daß Asterisk der Wahrnehmende von alledem ist?

Ariadne

Dies sei eine spezifische Produkteigenschaft, sagt der Zwerg. Anders gesagt, die Vorstellung von ihm als Wahrnehmendem wird mit allem übrigem im Labyrinthscheider generiert.

Nutscracker

Woraus generiert?

Ariadne

Aus dem Nichts. Du mußt zuhören.

Nutscracker

Gut. Dann hätte ich auch eine Frage. Asterisk kommt aus dem Labyrinthscheider, richtig?

Ariadne

Richtig.

Nutscracker

Und anstelle eines Kopfes hat er den Schreckenshelm?

Ariadne

Jawohl.

Nutscracker
Dann ergibt sich, daß auch der Schreckenshelm im Labyrinthscheider entsteht, welcher sich jedoch, wie wir wissen, im Inneren dieses Helmes befindet.
Ariadne
Darauf läuft es hinaus.
Nutscracker
Der Helm muß aber doch wohl zwangsläufig größer sein als eines seiner Teile. Wie kann er da hineingehen?
Ariadne
Innen und Außen existieren nur in den Überflußhörnern, sagt der Zwerg. Genauso Größer und Kleiner. Wie überhaupt alles, was sich sagen oder auch nicht sagen läßt, dort seinen Platz hat.
Nutscracker
Aber das hieße ja, daß auch der Helm nur in seinen Hörnern existiert?
Ariadne
So muß es wohl sein.
Nutscracker
Die einzig mögliche Schlußfolgerung ist, daß der Schreckenshelm im Inneren eines seiner Teile entsteht. Um in einem anderen zu existieren. Wo ist da der Sinn?
Ariadne
Wo schon. In den Überflußhörnern.
Nutscracker
Soll das ein Witz sein?
Ariadne
Nein, wieso … Oder vielleicht doch. Ich bin, ehrlich

gesagt, müde. Sollte ich den Zwerg noch einmal treffen, werde ich mich ganz bestimmt nach alledem erkundigen. Ihr könnt euch ja schon mal überlegen, was ich ihn fragen soll.

Monstradamus

Einen Moment noch. Wie endete der Traum?

Ariadne

Ich bin nach der Vorlesung auf den Korridor hinausgegangen. Da war niemand, nur ein großer Spiegel hing da, im halbrunden Rahmen. Ich ging hin, schaute hinein – und bin aufgewacht.

Monstradamus

Was hast du gesehen?

Ariadne

Mich.

Monstradamus

Keine Auffälligkeiten?

Ariadne

Ich trug einen runden Strohhut mit zwei Maiglöckchenbuketts auf der Krempe, die irgendwo hinten befestigt waren. Der Hut hatte einen Schleier aus rund durchbrochener Spitze, hinter dem mein Gesicht nicht zu erkennen war. Es sah hübsch aus, aber der Anblick hat mir angst gemacht, ohne daß ich wußte, warum. Bis ich auf einmal diese Bronzemaske in meinem Spiegelbild erkannte und darüber so sehr erschrak, daß der Traum abbrach ... Das wars. Ich empfehle mich.

Organizm(-:

Dachte ich mirs doch gleich, daß dieser Clown in einem Cyberhelm rumrennt!

Nutscracker
Wieso Cyberhelm? Das war kein Cyberhelm, höchstens ein Schnellkochtopf. Kinderkram! Wie Cyberhelme funktionieren, mit denen erwachsene Menschen umgehen, weiß ich ganz gut. Das hier hat absolut nichts damit zu tun.
Organizm(-:
Und? Wie funktionieren die, wenn man fragen darf?
Nutscracker
Ich gebe zu, technisch verstehe ich nicht bis ins letzte, wie das alles zusammenhängt, was sich wo in was verwandelt und so weiter, aber dafür weiß ich sehr genau, was einer, der so einen Helm aufhat, sieht und denkt; ich hatte beruflich damit zu tun. Das Problem der Option in interaktiven Medien war mein Thema. Da haben wir mit genau solchen Helmen gearbeitet.
Organizm(-:
Nie gehört von so einem Problem. Worum gehts da?
Nutscracker
Stell dir vor, du guckst einen Film und darfst selbst entscheiden, wer wen erschießt. Wenn du den Haupthelden beispielsweise schon bei der ersten Schießerei vor die Hunde gehen läßt – was passiert dann mit der restlichen Handlung des Films? Hättest du tatsächlich freie Hand zu entscheiden, könnte das zu betrüblichen Ergebnissen führen. Und die Kunst soll uns ja doch erheitern, nicht betrüben.
Monstradamus
Wohl wahr! Und für den Fall, daß sie uns betrübt, sollte uns diese Trübsal zumindest erheitern.

Nutscracker
Du sagst es. Darum kann von echter Interaktivität eigentlich keine Rede sein. Sie ist simuliert. Oder sagen wir so: Sie erstreckt sich auf den schmalen Bereich, in dem deine Entscheidung keine gravierenden Folgen hat. Das Hauptproblem besteht gerade darin, daß man Wahlfreiheit vermeiden, den Mitspieler vielmehr an die Hand nehmen und zur nötigen Entscheidung bewegen muß, ihm dabei aber das Gefühl geben, er hätte frei gewählt. Forcieren ist der Fachbegriff dafür.
UGLI 666
Wie geht das?
Nutscracker
Da müßte ich weiter ausholen.
Organizm(-:
Macht nichts, wir haben grad ein bißchen Zeit.
Monstradamus
Ja, erzähl uns etwas, Nußknacker. Das lüftet das Gehirn.
Nutscracker
Ich denke, darüber was ein Helmut zu sehen bekommt, muß ich nicht viel sagen?
Organizm(-:
Wer bitte?
Nutscracker
Ach so, Helmut heißt im Fachjargon ein solcher VR-Helm-Träger. Ein Helmut ist komplett isoliert von der realen Welt, bewegt sich im künstlichen Raum beziehungsweise glaubt sich darin zu bewegen. Neh-

men wir an, dort stehen drei identische Marmorvasen. Und wir müssen, damit die Handlung wie vorgesehen in Gang kommt, Helmut animieren, auf die mittlere der Vasen zuzugehen.

Organizm(-:

Drei Marmorvasen! Wegen so was würde niemand einen Helm aufsetzen!

Nutscracker

Dann stell dir statt der Vasen Türen vor, oder einen Weg, der sich gabelt, irgendeine Situation, bei der eine Entscheidung ansteht. Ganz egal. Da alles, was unter dem Helm zu sehen ist, von einem speziellen Programm berechnet wird, läßt sich dieses Programm so einstellen, daß Helmut jedesmal genau die Wahl treffen wird, die wir schon für ihn getroffen haben.

Organizm(-:

Gut, das Programm läßt sich einstellen, aber doch nicht der Proband. Der hat doch sein eigenes!

Nutscracker

Das ist es ja. Wenn man es schafft, Helm und Helmut zu einem Ganzen verschmelzen zu lassen, dann redigiert man sozusagen nicht bloß das Buch, sondern auch den Leser. Darum sprechen wir von externen und internen Technologien der Beeinflussung. Wobei die Grenze zwischen beiden natürlich fließend ist.

Organizm(-:

Bitte mal genauer.

Nutscracker

Externe Technologien wirken ein auf das, was wir sehen. Interne auf das, was wir denken.

Organizm(-:
Zum Beispiel?
Nutscracker
Der einfachste unter den externen Editoren nennt sich »Augenleim«. Da bleibt bei Drehung des Kopfes eine der Vasen sozusagen am Gesichtsfeld kleben, man sieht sie also länger, als man dürfte.
Monstradamus
Und die beiden anderen? Die stehen doch daneben. Nach den Gesetzen der Perspektive dürften die ...
Nutscracker
Über die Perspektive im Helm entscheiden wir, beziehungsweise der Kunde. Eine andere Methode heißt »Bleikugel«. Sobald Helmut es wagt, sich von unserer Vase zu entfernen, wird seine Bewegung vom Programm verlangsamt. Nähert er sich ihr, beschleunigt es. Als ob man ihm eine digitale Bleikugel an den Fuß hängte, die mal auftaucht, mal verschwindet. So wird die Bewegung auf die betreffende Vase zu natürlich gegenüber jeder anderen forciert, und Helmut braucht nur eine Weile ziellos durch den Raum zu irren, um sich schließlich vor der gewünschten Vase einzufinden.
Organizm(-:
Digitale Bleikugel – das ist hübsch.
Nutscracker
Eine andere Technologie ist die »Pawlowsche Töle«. Ein Zwischeneditor auf der Basis bedingter Reflexe.
Organizm(-:
Benannt nach dem bedeutenden russischen Gelehr-

ten, der feststellte, daß er Galle produziert, wenn das Telefon klingelt?

UGLI 666

Ich bitte dich! Er hat an Hunden die bedingten Reflexe erforscht.

Nutscracker

Die Namen habe übrigens nicht ich mir ausgedacht ... Fällt dein Blick bei dieser Einstellung auf eine Vase, die wir von der Liste streichen wollen, fängt das Bild vor deinen Augen zu flimmern an, es brummt komisch in den Ohren, oder du spürst sogar einen kleinen Stromstoß. So daß du lieber kein zweites Mal hinschaust.

UGLI 666

Aber das merkt doch jedes Kind.

Nutscracker

Genau darum geht es uns: Daß man es sich merkt. Und beim nächsten Mal schlauer ist. Zugegeben, eine Billigtechnologie für Dritte-Welt-Länder. Wenn es das Budget erlaubt, kann man beispielsweise Infraschall verwenden. Dann wird Helmut gar nichts merken und empfindet vor den Vasen trotzdem ein dunkles, mystisches Grauen – mit Ausnahme vor der einen. Die gegenläufige Methode wäre, irgendein Lustzentrum zu stimulieren, wenn er die richtige Vase ansteuert. Früher mußte man dafür Elektroden implantieren, heute erzielt man dasselbe auf pharmakologischem Wege oder mittels deltarhythmischer Modulation der Hirnströme.

Organizm(-:
Ist ja allerhand. Sag bloß, im interaktiven Kino wird mit uns dergleichen angestellt?
Nutscracker
Das glaube ich nicht. Diese Entwicklungen sind nicht fürs Kino gemacht. Eigentlich auch nicht fürs virtuelle Design. Dort hat man sie bloß modelliert. Es ist ohnehin kein Thema für die Öffentlichkeit. Aber wir *sind* ja hier auch nicht in der Öffentlichkeit, haha. Drum dachte ich mir, ich kann euch das ruhig erzählen.
Organizm(-:
Und was ist mit den internen Editoren?
Nutscracker
Da gibt es zum Beispiel den »Sonnenkuß«. Die Vase, die uns wichtig ist, wird emotional aufgewertet. Dazu verwendet man die gängigen ästhetischen Codes. Die Vase kriegt sozusagen einen positiven Inhalt.
UGLI 666
Die Vase oder der Betrachter?
Nutscracker
Das ist eine schwierige Frage. Ich würde sagen: der Helm. Aber das sind alles nur Wörter. Ich erkläre besser, wie es gemacht wird. Zum Beispiel könnte ein Sonnenstrahl auf unsere Vase fallen, oder während sie dir ins Blickfeld gerät, dringt eine rührende Melodie in dein Ohr. Die gegenläufige Technik heißt bei uns »Braunbier und Spucke«. Du erblickst eine der Vasen, die wir nicht mögen, und die Sonne verschwindet hinter den Wolken, grauer Nebel wabert, häßliche Geräusche ertönen.

Organizm(-:
Na fein. Was gibt es noch?
Nutscracker
Es gibt noch eine Technik, die heißt »Das siebte Siegel«. Die zu wählende Vase wird mit geheimnisvollen Zeichen versehen, die die Neugier wecken oder die Phantasie anregen sollen. Das kann alles mögliche sein: der Abdruck einer Hand, ein auf sie weisender Pfeil auf dem Fußboden, eine auf dem Rand sitzende weiße Taube, mysteriöse Graffiti oder sonst etwas. Die gegenteilige Methode wäre »Le Pen Club«. Da sind die Vasen, die es auszuschließen gilt, mit Klosprüchen verunziert, und das nach Möglichkeit nicht mit Farbe, sondern mit xxx. Rein virtuell, versteht sich.
Organizm(-:
Und das soll Helmut nicht merken?
Nutscracker
Jede der genannten Techniken ist, für sich genommen, leicht zu erkennen. Nicht jedoch, wenn sie in Kombination angewandt werden – und da gibt es subtile Möglichkeiten: Man wechselt das Verfahren immer wieder oder senkt die Intensität bis kurz vor die Schwelle der Wahrnehmung. So kann man damit annähernd paßgenau manipulieren und bleibt trotzdem unbemerkt.
Organizm(-:
Verstehe. Das ist wie auf einem Bahnhof in Mittelasien. Während der reisende Fremde glaubt, er müßte nur dem einen Hütchenspieler auf die Finger gucken, stecken in Wirklichkeit sämtliche Mitspieler mit ihm

unter einer Decke, auch wenn sie sich streiten oder gar prügeln.

Nutscracker

Exakt. Wobei auf unserem Bahnhof ausnahmslos alle mitspielen, selbst die Atlanten am Eingangsportal.

Ariadne

Nußknacker, du bist ein kluger Mann. Ich habe dir zugehört und ein bißchen gedichtet dabei. Das Gedicht widme ich dir sowie Romeo und Isolde. Soll ich es vorlesen?

Nutscracker

Nur zu.

Ariadne

Am Augenleim aus Braunbier und Spucke
klebt die Pawlowsche Töle, rührt sich nicht fort.
Doch siehe! Minotaurus, der schmucke,
naht mit sprechenden Blicken, nackt wie ein Gott.

Nutscracker

Stark wie immer. Ein Teil deiner Prophezeiung ist ja schon eingetroffen. Der Minotaurus hat den Helm abgenommen, und darunter war kein Kopf. Nackter kann man meiner Meinung nach gar nicht sein.

UGLI 666

Nußknacker, etwas an deiner Erläuterung verstehe ich nicht. Wie kann man einem sehenden Menschen so etwas unterschieben? Er schaut auf den einen Fleck, sieht einen ganz anderen und merkt es nicht?

Nutscracker

Anfangs wollte mir das auch nicht in den Kopf. Doch der Begriff des Unterschiebens, wie du es nennst, läßt sich auf einen Helmut schlecht anwenden. Im normalen Leben hängt das, was man sieht, davon ab, wohin man schaut. Aber wenn du den Helm aufhast, ist es andersherum: Wohin du schaust, hängt ab von dem, was du siehst. Klar?

UGLI 666

Nicht restlos.

Nutscracker

Im Leben siehst du, was du vor Augen hast. Den Hintern kannst du dabei drehen, wohin du willst. Hier siehst du, was du vor Augen hast – und kannst den Kopf drehen, wohin du willst! Das sind, wie man bei uns im xxx sagt, zwei ganz verschiedene Unterschiede, auch wenn es ähnlich klingt. Im Cyberspace hast du kein autonomes Koordinatensystem; was du siehst, bestimmen wir. Darum schöpfst du erst gar keinen Verdacht. Das Leben besteht für dich schon nicht mehr in dem, was wirklich ist, sondern in dem, was dir vorgeführt wird. Dir kommt es so vor, als würdest du dich ganz normal im Raum umsehen, und dabei starrst du beinahe unausgesetzt auf den Kandidaten, pardon, auf die Vase, die wir für dich ausgesucht haben, und dabei wird dir obendrein noch warm ums Herz. Da fragst du dich nicht, wieso und warum – genausowenig wie du dich fragst, warum die Sonne scheint.

Organizm(-:

Netter Versprecher, das eben.

Nutscracker

Und sollte der Kunde den Kopf doch einmal so ruckartig bewegen, daß Augenleim und Sonnenkuß nicht greifen, dann werden eben automatisch Bleikugel, Braunbier und Spucke zugeschaltet.

Organizm(-:

Jetzt weiß ich, was du den ganzen Tag treibst. Sag mal: Hast du als Profi nicht das Gefühl, daß wir hier mit ähnlichen Methoden kirre gemacht werden?

Nutscracker

Darüber müßte man nachdenken.

UGLI 666

Mir fällt seit längerem auf, daß Verschwörungstheorien bei den Atheisten als Religionsersatz dienen. Immerzu fühlen sie sich von irgendwem manipuliert, hypnotisiert, zombifiziert, abgehört und ausgeschnüffelt. Dabei steckt doch nie ein anderer als der Satan dahinter. Vom Atheismus zur Schizophrenie ist es nur ein Schritt, und den haben die meisten längst hinter sich. Zum Beispiel du, Organismus. Du glaubst also, du würdest hier manipuliert?

Organizm(-:

Wenn ich ehrlich sein soll: ja.

UGLI 666

Und worin besteht die Manipulation?

Organizm(-:

Zum Beispiel darin, daß ich hier eingesperrt bin. Und schon den zweiten Tag mit Pfannkuchen gefüttert werde.

UGLI 666

Ah, das meinst du. Aber das ist doch keine Manipulation. Das ist die Strafe Gottes!

Organizm(-:
Paß auf, Ugli, ich erklär dir, wie wir hier manipuliert werden. Nehmen wir mal an, dieser Helm auf Asterisks Kopf wäre doch ein Cyberhelm.
UGLI 666
Ja, und?
Organizm(-:
Könnte es nicht sein, daß alles, was wir gerade sehen, nur ein Raum von der Art ist, wie Nußknacker ihn beschrieben hat? Wo drei identische Vasen rumstehen, von denen eine noch identischer ist?
Nutscracker
Um uns auf diese Weise zu manipulieren, müßten wir Helme aufhaben.
Organizm(-:
Na, vielleicht ist das ja der Fall.
Nutscracker
Greif dir an den Kopf. Spürst du einen Helm?
Organizm(-:
Das nicht, aber …
Monstradamus
Ich weiß, was er als nächstes fragt. Er will wissen, ob man mit so einem Helm nicht auch den Tastsinn simulieren kann.
Organizm(-:
Wäre doch naheliegend, oder nicht?
Nutscracker
Ließe sich mit einem Helm das große Ganze simulieren, wäre es kein Helm mehr und keine Simulation, sondern das Leben.

Organizm(-:
Nußknacker, eins mußt du uns noch erklären. Wer ist es, der all diesen Augenleim- und Sonnenkußkram einschaltet? Muß doch letztlich einer in der Hand haben, das Ganze?
Nutscracker
Selbstverständlich. Da sitzt ein Operator an seinem Spezialmonitor. Dort erscheint Helmut als Pünktchen, wie auf dem Radarschirm. Und die Vasen meinetwegen als rote Rhomben. Unten hat er sein Manipulationsmenü stehen. Der Rest ist wie bei Windows: click and drag.
Monstradamus
Click and drag. Kein schlechter Werbespruch für eine Doppelaxt.
Organizm(-:
Ginge das auch umgekehrt?
Nutscracker
Wie umgekehrt?
Organizm(-:
Daß der Operator, der die Manipulationen steuert, den Helm aufhat? Und er manipuliert die anderen, das gleiche zu sehen wie er?
Nutscracker
Wie soll er das machen?
Organizm(-:
Durch Hypnose zum Beispiel.
UGLI 666
Da haben wirs. Auf das Wort habe ich schon lange gewartet.

Nutscracker
In Hypnose kenne ich mich wenig aus. Aber wäre er ein so fähiger Hypnotiseur, andere sehen zu lassen, was er sieht – wozu brauchte er dann noch einen Helm?
Organizm(-:
Na, um zu wissen, was die anderen sehen sollen.
Monstradamus
Man könnte das noch auf die Spitze treiben. Er läßt uns nicht nur sehen, sondern drinstecken. Asterisk trägt einen Helm, der zeigt ihm ein Labyrinth. Wir stecken drin. Und er manipuliert uns.
Nutscracker
Das hieße, wir steckten alle miteinander im Kopf des Minotaurus?
Monstradamus
Sagen wir: in dem Raum, den er vor sich sieht.
Nutscracker
Und wo steckt dann der Minotaurus?
Monstradamus
Vermutlich in dem Raum, von dem Ariadne immer träumt.
Organizm(-:
Heureka! Erinnerst du dich, Nußknacker, ganz am Anfang hast du gefragt – was heißt das eigentlich: hier? Ich hab die Frage erst nicht begriffen. Im Schreckenshelm! Das heißt es.
Nutscracker
Etwas paßt da nicht zusammen. Einerseits werden wir alle vom Minotaurus manipuliert, andererseits hat er

angeblich keinen Kopf. Obwohl: Vom konkreten Fall abgesehen, ist es genau das, woraus im normalen Leben die meisten Probleme entstehen, das kann ich als Profi bezeugen.

Organizm(-:

Kannst du laut sagen ... Dieser Asterisk hat aber nur einen Tauchsieder mit Sonnenbatterie im Helm. Wie soll er damit wissen, ob Sonnenkuß oder Siebtes Siegel angesagt ist?

Monstradamus

Das geschieht automatisch. Vermutlich je nachdem, in welchem Helmsektor die Hoffnungsblase platzt.

Organizm(-:

Trotzdem bin ich es doch, der den Sonnenstrahl oder die weiße Taube zu sehen kriegt, nicht dieser Asterisk. Irgendwie blicke ich da nicht mehr durch. Wer hat den Schreckenshelm auf? Ich oder der Minotaurus?

Nutscracker

Helmut.

Monstradamus

Ich finde, wir reden schon viel zu lange über diesen Helm. So als hätten wir Spaß daran, ihn aufzuprobieren. Wenn wir so weitermachen, wird er bald am Kopf festgewachsen sein. Ich bitte um einen Themenwechsel.

Organizm(-:

Gute Idee! Mir kam da eben ein Gedanke. Hat schon mal wer darüber nachgedacht, wieso »Krieg der Sterne« so eine komische Fortsetzung bekommen hat? Anstatt zu zeigen, wie es nach der letzten Folge weitergeht, haben sie das gedreht, was vor der ersten war.

Monstradamus

Was glaubst du, wieso?

Organizm(-:

Weil am Ende von Teil 3 Darth Vader stirbt, und damit sind alle Sternenkriege ausgefochten. Es kann gar nicht mehr weitergehen, weil er für die Welt dort der Minotaurus ist, und der schwarze Fummel um seinen Schädel ist der Schreckenshelm. Luke Skywalker, die Roboter, Chewbacca und so weiter, die sind alle nur in seinem Kopf. Darum kann es nach seinem Tod keine Fortsetzung geben.

Monstradamus

Aber vor seinem Tod hat Darth Vader den Helm doch abgenommen. Darunter war ein ganz normaler Kopf, nur ein bißchen verschrammt.

Organizm(-:

Ist eben Science-fiction, da geht so was.

Nutscracker

Klug beobachtet, Organismus. Da ist was dran. Genau so ein Minotaurus ist »Der Mann mit der eisernen Maske«. Als zuletzt auch noch der Marquis de Sade sich an ihm vergeht, bricht die Revolution aus: Ihm tut der xxx so höllisch weh, daß er aufhört, sich um die französische Monarchie Gedanken zu machen.

Romeo-y-Cohiba

Isolde, bist du da?

IsoldA

Ja.

Romeo-y-Cohiba
Ich bin zurück. Gibts was Neues inzwischen?
IsoldA
Nichts Weltbewegendes. Nußknacker hat vor dem Volk politisiert. Aber ich komme gerade aus Versailles.
Monstradamus
Soviel zur französischen Monarchie, mein lieber Nußknacker. Wahrscheinlich war der Marquis das geringere Übel.
Romeo-y-Cohiba
Bei mir draußen ist es ziemlich langweilig. Hecken, Kurve, wieder Hecken, mal ein Abzweig, und immer so fort. Die Gänge sind ungefähr sechs Fuß breit.
IsoldA
Wieviel Meter sind das?
Romeo-y-Cohiba
Sagen wir, zwei. Man fühlt sich wie die berühmte Ratte im Labyrinth. Irgendwann dachte ich, jetzt langt es, und habe versucht, quer durch die Hecken zu kriechen. Stell dir vor: In den Büschen steckt ein Stacheldrahtgeflecht. Wie die Armierung in einer Betonwand. Ich hatte mich schon gefragt, wie sie es hinkriegen, daß die Hecken so ebenmäßig aussehen.
IsoldA
Bestimmt hat dein Labyrinth irgendwo einen Ausgang in meinen Park. Du bist nur zu früh umgekehrt. Wir haben doch den gleichen Grund unter den Füßen. Beigefarbenen Kies!
Romeo-y-Cohiba
Ich bin konsequent nach rechts abgebogen. Klingt

vielleicht albern. Rückfall in die Kindheit. Du weißt, wie das manchmal ist: Eine Erinnerung taucht auf, in warmes Licht getaucht, und plötzlich hält man es für möglich, daß das Allerwichtigste dort verborgen liegt. Da war ein Abenteuerroman, den ich als Kind gelesen habe, in dem stand: Wenn man sich immer nur rechts hält, kommt man durch jedes Labyrinth. Das beschloß ich auszuprobieren. War anscheinend gar nicht so dumm – auf ein paar interessante Dinge bin ich immerhin gestoßen. Zum Beispiel habe ich einen von deinen Brunnen gesehen. Allerdings nur von weitem.

IsoldA

Na, jetzt bin ich aber gespannt.

Romeo-y-Cohiba

An einer Stelle in meinem Labyrinth gibt es eine Bank. Eine normale Parkbank. Ich bin draufgestiegen, erst auf den Sitz, dann auf die Lehne, und hatte so die Augen in Höhe der Heckenoberkanten. Nach einer Seite hin sah ich das obere Stück einer Fontäne sprudeln, nach der anderen, ganz weit hinten, ein dunkles, wie verrußtes Dach. Es war zu weit weg, mehr konnte man nicht sehen. Dafür war das Wasserspiel des Brunnens auffällig: nur ein dünner aufsteigender Strahl, aber mehrere nach unten fallende. Vielleicht auch nur eine optische Täuschung.

IsoldA

Nein, nein. Ich kenne den Brunnen. Er hat auch Bronzefiguren. Eine Schlange und so ein … Dings … wie heißt das noch mal, mit so langen Stacheln, ansonsten wie ein kleines Schwein …

Romeo-y-Cohiba
Ein Stachelschwein.
IsoldA
Genau. Das sitzt auf einem bronzenen Baumstumpf, von dem herunter nach allen Seiten Wasser fließt, und guckt ziemlich erschrocken. Die Schlange ringelt sich am Fuß des Baumstumpfs und spuckt diesen schlanken Strahl in die Luft, der sich oben in drei Teile teilt und auf das Stachelschwein und seine Umgebung niederregnet. Ein wirklich sehr hübscher Brunnen. Als ich ihn zum ersten Mal sah, hing im Sprühregen um ihn her ein kleiner Regenbogen, seitdem ist das mein Lieblingsspringbrunnen. In Wirklichkeit sind es drei Strahlen, mit verschiedenem Druck. Die Düsen liegen im Schlund des Reptils dicht nebeneinander. Darum glaubt man, es wäre ein Strahl, und wundert sich, daß drei niedergehen. Ich mußte gleich an das Tattoo auf deiner Hand denken, das mit dem Erdöl und dem Jachtklub. Ein Strahl nach oben und drei nach unten, war es das, was du gesehen hast?
Romeo-y-Cohiba
Ich glaube, ja.
IsoldA
Du bist dir nicht sicher?
Romeo-y-Cohiba
Der Strahl und das Dach sind für mich nur zu sehen, wenn ich auf die Banklehne klettere. Da kann man sich nicht lange halten, man schwankt und verliert schnell das Gleichgewicht, so daß man wieder abspringen muß. Darum lassen sich Einzelheiten nur

schwer ausmachen. Aber falls es derselbe Brunnen ist, müßtest du, wenn du daneben stehst, mein Labyrinth sehen können.

IsoldA

Neben dem Brunnen mit der Schlange und dem Stachelschwein ist die Hecke wie eine hohe Mauer, man kann nicht sehen, was dahinter ist. Und sie zieht sich. Ich bin ein Stück an ihr entlanggegangen, die Hecke trennt ein großes Stück Park ab. Ich vermute, das ist dein Gehege.

Romeo-y-Cohiba

Wenn du diese Hecke entlangspaziert bist, könnte es sein, daß wir irgendwann nur zehn Fuß voneinander entfernt waren. Ich war ja auch da, nur auf der anderen Seite. Daß es eine äußere Begrenzung ist, steht für mich außer Frage. Erstens ist eine doppelte Lage Stacheldraht darin. Zweitens habe ich es an einer Stelle deutlich plätschern gehört. Ganz in der Nähe tritt übrigens eine lange Mauer aus der Hecke hervor. Wie die Rückfront irgendeines Pavillons. Bemalt mit Engeln, goldrosa Putten, die in Muscheln blasen. Gibt es so was bei dir auch?

IsoldA

Ja, rechts von dem Brunnen ist ein einstöckiges Gebäude. Eine Laube zum Aufbewahren von Gartengeräten, könnte man denken, nur viel geräumiger. Es ist tief in die Hecke hineingesetzt. Engel habe ich keine bemerkt.

Romeo-y-Cohiba

Warst du drin?

IsoldA
Die Tür war verschlossen. Gibt es auf deiner Seite auch eine?

Romeo-y-Cohiba
Ja.

IsoldA
Offen?

Romeo-y-Cohiba
Hab ich, ehrlich gesagt, nicht probiert. Ich stand eine Weile davor, und mir wurde auf einmal ganz anders, ein Hämmern in den Schläfen ... Eigentlich bin ich kein Angsthase, mußt du wissen, aber hier auf einmal ... Es gab überhaupt keinen Grund dafür. Ich dachte mir: Wer weiß, was da drinnen ist. Am Ende der Minotaurus?

:-)))

UGLI 666
Nußknacker, du kannst nicht zufällig Latein?
Nutscracker
Der Senat und das Römische Volk. PQRS. Nein, Quatsch, das ist das Alphabet. SPQR, so ging das.
Monstradamus
Wozu brauchst du Latein, Ugli?
UGLI 666
Es gäbe ein paar Worte zu übersetzen.
Monstradamus
Laß mich probieren.
UGLI 666
Was heißt aiselceclesia?
Monstradamus
Keine Ahnung.
UGLI 666
Und ieselceaeclesi?
Monstradamus
Das weiß ich auch nicht. Bist du dir sicher, daß es Latein ist?
UGLI 666
Was könnte es sonst sein?
Monstradamus
Vorläufig unklar. Dürfte ich den ganzen Satz haben?

UGLI 666
Er ist sehr lang.
Monstradamus
Dann wenigstens noch ein paar Worte.
UGLI 666
Der Anfang geht so: aiselceclesia ieselceaeclesi selceataecles elceatctaecle …
Monstradamus
Stop, reicht erst mal.
UGLI 666
Was heißt es?
Monstradamus
Gemach, gemach! Ich muß überlegen.
Nutscracker
Woher stammt das, Ugli?
UGLI 666
Aus dem Labyrinth.
Nutscracker
Du hast vor deiner Tür ein Labyrinth?
UGLI 666
Was sollte ich sonst dort haben?
Nutscracker
Katakomben.
Monstradamus
Hör auf zu lästern, Nußknacker.
UGLI 666
In Katakomben ist der Glaube einmal entstanden. Es wäre für mich eine große Ermutigung von seiten des Herrn.

Nutscracker
Neulich hat sie behauptet, sie hätte einen Wartesaal mit vielen Bänken. Jetzt auf einmal ein Labyrinth.
UGLI 666
Weißt du was, Nußknacker, du kannst mich mal, ehrlich. Monstradamus, hast du irgendwas rausgekriegt?
Monstradamus
Standen die Worte untereinander wie in einer Tabelle?
UGLI 666
Ja!
Monstradamus
Könntest du mal eintippen, was in der Mitte stand?
UGLI 666
Wie in der Mitte? Was genau?
Monstradamus
Das siebte von oben, wenn du so willst.
UGLI 666
Eatcnasanctae.
Nutscracker
Eat Nasa? Mehr Eselsbrücken kann ich nicht entdecken.
Monstradamus
Wo hast du das her?
UGLI 666
Darüber möchte ich nicht reden.
Monstradamus
Und wenn ich dir die komplette Inschrift rekonstruiere – sagst du es dann?
UGLI 666
Ja.

Monstradamus

Die Inschrift sah so aus:

A	I	S	E	L	C	E	C	L	E	S	I	A
I	S	E	L	C	E	A	E	C	L	E	S	I
S	E	L	C	E	A	T	A	E	C	L	E	S
E	L	C	E	A	T	C	T	A	E	C	L	E
L	C	E	A	T	C	N	C	T	A	E	C	L
C	E	A	T	C	E	A	N	C	T	A	E	C
E	A	T	C	N	A	S	A	N	C	T	A	E
C	E	A	T	C	N	A	N	C	T	A	E	C
L	C	E	A	T	C	N	C	T	A	E	C	L
E	L	C	E	A	T	C	T	A	E	C	L	E
S	E	L	C	E	A	T	A	E	C	L	E	S
I	S	E	L	C	E	A	E	C	L	E	S	I
A	I	S	E	L	C	E	C	L	E	S	I	A

UGLI 666

Stimmt. Wie hast du das gemacht?

Monstradamus

Dominus illuminatio mea.

UGLI 666

Und was bedeutet es?

Monstradamus

Der Herr erleuchte mich.

UGLI 666

Nein, ich meine, was bedeutet die Inschrift?

Monstradamus

Was glaubst du?

UGLI 666

Ich kann überhaupt keinen Sinn darin sehen.

Monstradamus
Die Botschaft kann sehr Verschiedenes bedeuten – je nachdem, wo du sie gefunden hast. Das müßtest du uns schon verraten.
UGLI 666
Na schön. Vor meiner Tür ist tatsächlich eine große Halle mit Bänken. Erst ließ sich nicht viel erkennen. Dann aber … Monstradamus, ob du es glaubst oder nicht …
Monstradamus
Ich kann es versuchen.
UGLI 666
Es ist eine Kirche. Eine gotische Kathedrale.
Nutscracker
Eben hast du behauptet, es wäre ein Labyrinth.
UGLI 666
Das gibt es dort, im Inneren der Kirche. Vor dem Eingang in dieses Labyrinth ist eine andere lateinische Inschrift in den Boden eingelassen:

HVNC MVNDVM TIPICE LABERINTHVS DENOTAT ISTE:
INTRANTI LARGUS; REDEUNTI SET NIMIS ARTVS
SIC MVNDO CAPTVS, VICIORVM MOLLE GRAVATVS
VIX VALET AD VITE DOCTRINAM QVISQVE REDIRE.

Monstradamus
Das heißt sinngemäß: Das Labyrinth ist ein Abbild dieser Welt. Für den Eintretenden weit, für den Hinausgehenden zu eng. Wer versponnen ist in die Freuden dieser Welt und belastet von ihren Sünden, der vermag die Doktrin des Lebens nur unter Mühen zurückzugewinnen. Aber fragt mich nicht, was das sein

soll: die Doktrin des Lebens. Hatte das Labyrinth denn tatsächlich einen breiten Eingang und einen schmalen Ausgang?

UGLI 666

Es gab weder Eingang noch Ausgang im üblichen Sinne. Das ganze Labyrinth war mit blauem Marmor in den Boden der Kathedrale inkrustiert. Einfach ein Mosaik.

Nutscracker

Blauer Marmor, gibt es das überhaupt?

UGLI 666

Und ob.

Nutscracker

Was hat ein Labyrinth in einer Kirche zu suchen?

UGLI 666

Der erste Kanonikus sagte, das Labyrinth sei Bestandteil dieses und vieler anderer Gotteshäuser, da es die Schwierigkeit des christlichen Weges aufzeige.

Nutscracker

Wer bitte hat das gesagt?

UGLI 666

Der erste Kanonikus. Der zweite Kanonikus wandte ein, der christliche Weg sei einfach und pfeilgerade. Es sei vielmehr die ausweglose Verfangenheit sündig gewordener Seelen, die durch die Windungen und Sackgassen des Labyrinths symbolisiert werde. Worauf der erste Kanonikus entgegnete, im Grunde meine er nichts anderes, die Sünde sei eine Abweichung vom geraden christlichen Wege, wie sie nun einmal vorkomme. Doch mögen die Pfade eines Menschenlebens noch so verschlungen sein – gehe der Mensch sie im Schoße der Kirche, so werde die simple Arithmetik von Gut und Schlecht außer Kraft gesetzt und eine höhere Mathematik des Geistes beginne zu wirken.

Nutscracker

Schon zwei Kanoniküsse. Ein Betrieb ist das hier!

Monstradamus

Welche höhere Mathematik ist gemeint?

UGLI 666

Uneingedenk jeder Schieflage im Leben darf, wer der heiligen Sakramente teilhaftig ist, sich auf geradem Wege wähnen, und dies auf jedem noch so kleinen Abschnitt. Ist also ein jeglicher Abschnitt gerade, herrscht Geradheit in jedem beliebigen Moment, ergo immerdar, woraus folgt, daß Gott meine Seele nicht verwerfen wird. Uns wachsen gewissermaßen mathematische Schwingen, die uns aus den Tiefen des Sündenfalls emportragen.

Nutscracker

Sag endlich, was das für Kanoniker sind! Hast du Leute getroffen?

UGLI 666

Es waren zwei. Sie knieten vor dem Altar und beteten. Ich verursachte irgendein Geräusch, wodurch sie mich entdeckten und herüberkamen, um mir mit ihren Ratschlägen und Belehrungen beizustehen.

Nutscracker

Erzähl noch mehr über sie.

UGLI 666

Einstmals, so sagten sie, als der Glaube in den Seelen

noch eine Macht war, habe der Priester einen reuigen Sünder als Pilger ins Heilige Land entsenden können. Später, als der Glaube verfiel ...

Nutscracker

Nicht ihre Belehrungen will ich erfahren, sondern etwas über sie selbst. Ist das so schwer zu verstehen? Bis jetzt ist noch keiner von uns irgendwem begegnet.

Monstradamus

Ach so? Und was ist mit Ariadne?

Nutscracker

Sie hat geträumt. Muß ich den Unterschied erklären?

Monstradamus

Erklär ihn mir, Nußknacker.

Nutscracker

Du willst den Unterschied zwischen Traum und Realität nicht kennen?

Monstradamus

Ich sehe keinen Unterschied zwischen zwei Geschichten.

Nutscracker

Die eine spielt im Traum, die andere in der Wirklichkeit.

Monstradamus

Ich kann nur Buchstaben auf dem Bildschirm erkennen.

Nutscracker

Jetzt geht das wieder los. Du nervst. Ugli, bist du da?

UGLI 666

Ja.

Nutscracker

Wie sahen sie aus, diese Kanoniker?

UGLI 666

Mittelgroß. In verschlissenen Roben, mit altertümlichen, breitkrempigen Kardinalshüten. Diese Hüte seien geeignet, Leidenschaften zu zähmen, sie gehörten einmal den heiligen Prälaten, erklärten die beiden. Bei dem einen war die Hutkrempe in Desperadomanier aufwärts gebogen, ich fühlte mich an Aramis von den *Drei Musketieren* erinnert, der ja auch zuerst ein gewöhnlicher Sünder war und am Ende General bei den Jesuiten.

Monstradamus

Mich erinnert es eher an die beiden Zwerge aus Ariadnes erstem Traum.

Nutscracker

Daran dachte ich auch. Aber das waren Zwerge, die hier sollen mittelgroß gewesen sein.

Monstradamus

Ugli, wie groß bist du selbst?

UGLI 666

Das tut nichts zur Sache.

Nutscracker

Alles klar. Nächster Punkt: Hast du ihre Gesichter gesehen, Ugli?

UGLI 666

Nein. Sie hielten die Köpfe gesenkt, wie es sich für Mönche und Geistliche überhaupt ziemt. Die Hutkrempen verdeckten die Gesichter vollständig.

Nutscracker

Die Stimmen, wie waren die Stimmen?

UGLI 666

Demütig. Seelenvoll.

Nutscracker

Und was sagten sie so?

UGLI 666

Ich war dabei, es zu erzählen, du hast mich unterbrochen. Sie sagten, in den ruhmreichen Zeiten der Kreuzzüge, insbesondere nach den Siegen des Gottfried von Bouillon, seien viele zum Heiligen Grab gepilgert, um ihre Sünden zu bereuen. Später, als der Glaube zu kränkeln begann, als es dem menschlichen Geist an der Kraft zu Höherem gebrach, verlagerte sich das Wallfahrertum auf die Klöster und Abteien, wohin man kam, den jeweiligen Lokalheiligen anzubeten. Und als die Gottesfurcht der Menschen selbst hierfür nicht mehr reichte, erfand man »la lieue«, die »Meile«, die der Büßende zu durchschreiten hatte.

Nutscracker

Was ist »la lieue«?

UGLI 666

Das ist die alte Bezeichnung für ein Bodenlabyrinth in einer Kirche, benannt nach seiner ungefähren Länge. Das, vor dem ich stand, war natürlich kürzer. Solche Labyrinthe hatte man auf den Knien zu absolvieren … Für die Zeiten des endgültigen Verfalls aber, wie sie kurz vor dem Weltende zu erwarten sind, hat man vorsorglich Labyrinthe an die Wände gemalt, winzig klein, man kann sie allenfalls mit dem Finger durchlaufen. Gedacht für diejenigen, die zur Rettung ihres Seelenheils nurmehr ganz wenig Zeit übrig haben. Daneben gibt es aber auch noch Labyrinthe von endloser Länge, in denen man ewig Buße tun kann. So zum Beispiel in der Chiesa Sta. Maria-di-Trastavera in Rom. Der erste Kanonikus hat mir den Plan gezeigt.

Monstradamus

Er scheint auf das Gespräch erstaunlich gut vorbereitet gewesen zu sein.

UGLI 666

Wieso vorbereitet. Die Pläne diverser Labyrinthe sind an den Säulen und Wänden der Kathedrale verewigt. Überall. Das Labyrinth von Sta. Maria-di-Trastavera besteht aus vielen ineinanderliegenden Kreisen. Es sieht aus wie eine Schießscheibe und ist das mystischste aller Labyrinthe.

Monstradamus

Das mystischste von allen ist meines hier, gebe ich zu Protokoll.

UGLI 666

Nach Auskunft des zweiten Kanonikus sollen diese Kreise bedeuten, daß eine Annäherung des Menschen an Gott nach eigenem Gutdünken unmöglich ist: Ebenso könnte es dem Mond plötzlich einfallen, die Erde touchieren zu wollen. Die menschliche Seele wird immer dort sein, wohin der Herrgott sie entsandt hat, einzig die Gnade des Herrn und nicht etwa eigener Wille kann uns Ihm näherbringen. Seine Gnade äußert sich in der Existenz der Kirche. Sie begabt uns mit jenen mathematischen Schwingen, ohne die wir nur wie Planeten um den Herrn zu kreisen vermögen. Die Sünde ist die Fliehkraft, die uns von Ihm entfernt. Gottes Liebe ist die Anziehungskraft, die uns zu Ihm führt. Die Seele hat im irdischen Leben nur deshalb ihren Ort, weil diese beiden Kräfte einander kompensieren.

Nutscracker

Das heißt, Gott liebt die Sünder mehr als andere?

UGLI 666

Wieso?

Nutscracker

Sie sündigen mehr, also ist die Fliehkraft größer. Um sie auf der Umlaufbahn zu halten, muß Gott seine Liebe im gleichen Maße verstärken.

UGLI 666

Aber das kommt ja in den besten Familien vor: daß diejenigen Kinder am meisten geliebt werden, die den größten Unfug stiften.

Nutscracker

Wenn du also möchtest, daß Gott dich lieb hat, dann treibe es möglichst wild.

UGLI 666

Logisch gesehen, wäre dem so. Doch ich bin nicht davon überzeugt, daß Gott sich von dieser Logik leiten läßt.

Nutscracker

Gut, das werden wir testen. Wie ging es weiter?

UGLI 666

Nachdem der zweite Kanonikus geendet hatte, faltete

er die Hände und zog sich demütig zurück. Ich ging an der Seite des ersten durch die Kirche und betrachtete die Pläne verschiedenster geistlicher Labyrinthe, deren Bestimmung und symbolischen Gehalt mir der Kanonikus leise erläuterte. Besonders hübsch fand ich das Labyrinth der Kathedrale zu Poitiers. Es ähnelt der Form nach einem Baum mit ausladender Krone und ist so konstruiert, daß man es zur selben Tür, durch die man eingetreten ist, auch wieder verläßt. Das ist möglich, weil sich der Weg nur ein einziges Mal, nämlich in der Mitte, teilt; die beiden Wegstrecken bis dahin und von da weg bilden mit all ihren Schleifen den linken und den rechten Teil der Krone. Dies sei der Baum des Lebens, sagte der Kanonikus, und die Aussage des Labyrinths liege darin, daß wir das Leben durch ein und dieselbe Pforte betreten und wieder verlassen, nackt und mittellos.

Nutscracker

Und was ist das nun für eine Inschrift aus Tschilptschalpwörtern, die du übersetzt haben willst?

UGLI 666

Sie stammt aus einer alten Basilika in Algier.

Monstradamus

Die auch ein Labyrinth hat?

UGLI 666

Ja. Es umschließt ein Quadrat mit einem heiligen Spruch darin. Der Kanonikus trug mir auf, ihn abzuschreiben, er berge ein Geheimnis, versicherte er. Lesen könne ich den Spruch erst, nachdem der Schlüssel dazu gefunden sei. So wie man die Bestimmung der Menschen und der Dinge auf dieser Welt erst in dem Augenblick erkenne, da einem die mit der Wahrheit des Glaubens einhergehende Weisheit die Augen öffne für den höheren Sinn der Schöpfung. Und der Schlüssel zu dieser Weisheit sei derselbe wie zu der Inschrift. Des weiteren empfahl er, sich nicht in müßigen Spekulationen über einen Theseus zu verlieren – das kenne er zur Genüge, meinte er, und ich werde schon sehen: Der wahre Theseus sei Er, dem er diene … Soweit erst einmal. Ist Monstradamus noch da?

Nutscracker

Erzähl erst zu Ende.

UGLI 666

Gar nichts erzähle ich mehr, bevor er mir nicht den Text übersetzt hat.

Nutscracker

Monster, wo steckst du? Übersetz ihr was, bitte!

Monstradamus

Hier kommt alles auf die Position der Buchstaben an. Jeu-de-lettres sagen die Franzosen dazu.

UGLI 666

Hast du den Schlüssel, von dem der Kanonikus gesprochen hat?

Monstradamus

Aber ja.

UGLI 666

Nämlich?

Monstradamus

Das Kreuz.

UGLI 666

Herrgott, Dein Wille geschehe!

Monstradamus

Ja. Man muß von der Mitte aus lesen. Da steht der Buchstabe S, ihn muß man als Scheitelpunkt eines Kreuzes ansehen. Nun kannst du in jeder beliebigen Richtung, das Kreuz entlang oder in eine der Zeilen hinein abbiegend, die Worte SANCTA ECLESIA lesen, das ist die Heilige Kirche mit Fehler.

UGLI 666

Du meinst, in der Inschrift ist ein Fehler? Oder willst du damit sagen, daß ein Fehler zur Sprache kommt, den die Heilige Kirche hat?

Monstradamus

Ich will damit sagen, daß ecclesia mit Doppel-c geschrieben wird. Aber vielleicht ließ sich im Altertum darauf verzichten.

Nutscracker

Und wie ging es weiter, Ugli?

UGLI 666

Warte. Erst will ich sehen, wie das mit den Buchstaben funktioniert. Tatsächlich. Das hat einen tiefen Sinn! Ich begreife jetzt, was der Kanonikus sagen wollte, Monstradamus. Diese Welt besteht aus einer Anhäufung von Rätseln und Sinnlosigkeiten, zwischen denen wir umherirren wie in einer großen Dunkelkammer, solange wir nicht die Lehre der Heiligen Kirche für uns entdeckt haben. Ist dies jedoch erst geschehen, und inmitten dieses Lebenslabyrinthes erstrahlt das heilige Kreuz, so wird augenblicklich die

Zweckmäßigkeit all dessen sichtbar, was uns umgibt! Die Welt verwandelt sich vor unseren Augen. Aus Chaos und Wahnwitz treten Harmonie und göttlicher Plan hervor, wohin wir den Blick auch richten, überall sehen wir das Hosianna des Herrn! Ist es so, Monstradamus?

Monstradamus

Und hören den Glanz seines Ruhms, aber ja.

Nutscracker

Amen. Wie ging es weiter?

UGLI 666

Der Kanonikus führte mich vor das Bodenlabyrinth, faltete die Hände vor der Brust und sprach: »Meine Tochter, der Herr möchte, daß du die Meile durchschreitest und Buße tust.« Ich ging auf die Knie und begann mich vorwärts zu bewegen. Beim Durchlaufen des Labyrinths solle man fleißig mit sich zu Rate gehen über all das, was man im Leben vollbracht, hatte der Kanonikus noch gesagt. Dies fiel mir nicht schwer. Ich brauchte nur auf das Altargitter zu schauen, schon kamen die Bilder meiner Kindheit wie bunte Luftballons an meinem inneren Auge vorübergeschwebt und verwandelten alles um mich her auf wundersame Weise. Mit jeder neuen Sekunde sank ich tiefer und tiefer in die Vergangenheit. Die mächtigen, gegen das hohe Gewölbe strebenden Säulen wurden zu den Linden im Park von xxx, wo ich die ersten Jahre meines Lebens verbrachte. Damals waren die Bäume im Vergleich zu mir ja ebenso hoch wie jetzt diese Säulen. Die in Stein gehauenen Heiligenköpfe, die aus den

Wandnischen auf mich herabschauten, trugen die Züge der Erwachsenen, die in der Kindheit um mich gewesen, und ich spürte in diesem Moment: Sie alle, auch wenn die einen eher streng waren und die anderen gütig, liebten mich in gleichem Maße, und das, obwohl sie alles über mich wußten. Mein Weg bog ab, ich ging, besser gesagt: kroch in eine andere Richtung und erinnerte mich nun meiner Jugend. Der steinerne Fährmann, der die Predigerkanzel zierte, ward lebendig und trieb auf den Wellen meines Gedächtnisses heran, verwandelte sich in jenen einzigen Freund im kurz währenden Lenz meines Lebens. Er sah just so aus wie damals am Ufer des xxx, wo wir einander ewige Liebe schworen. Wieder eine Kehre, und die Sünde ließ ihn ins Vergessen rutschen, ich wollte ihn nicht mehr kennen und vergaß ihn tatsächlich. Nächste Wendung, die Zeit der Reife brach an. Meine Strümpfe waren längst durchgescheuert, die Knie begannen zu jucken, doch ich spürte keinen Schmerz. Tränen der Reue und der Hoffnung liefen mir über die Wangen. Und der Herrgott sandte mir eine Botschaft, jawohl, es geschah ein kleines Wunder – ich weiß nicht, wie es kam, doch in meiner Blindheit wurde ich seiner erst nachträglich gewahr, als ich schon wieder in meiner Klause saß. Ich meine, in diesem Raum hier. Denn gleich in welcher Richtung ich mich durch das Labyrinth bewegte, gleich wieviel Kehren ich vollzog, immer hatte ich das Kruzifix vor Augen, auf das durch eines der bunten Kirchenfenster ein Sonnenstrahl fiel und es mit rubinrotem, smaragdgrünem und saphirblauem Licht überflutete! Von diesem überirdischen Schein ward es in meiner Seele so licht, so ruhig und so wohl, daß ich nurmehr weinen wollte und singen, immer nur weinen und singen ...

Nutscracker

Und dann?

UGLI 666

Weinen und singen.

Nutscracker

Das war alles?

UGLI 666

Im Grunde ja. Als ich das Labyrinth hinter mich gebracht hatte, waren die Kanoniker nicht mehr da. Ich verließ die Kathedrale und stand in meinem Zimmer.

Nutscracker

Und jetzt? Kannst du nicht wieder hineingehen?

UGLI 666

Nein. Das Tor ist zu.

Nutscracker

Wie konnten sie das so schnell zusperren?

UGLI 666

Das weiß ich nicht.

Nutscracker

Bist du dir sicher, daß du das alles nicht bloß geträumt hast, so wie Ariadne?

UGLI 666

Absolut sicher. Der Kanonikus gab mir einen Rosenkranz, den halte ich in der Hand. Und jetzt will ich mich ausruhen.

Monstradamus
Tu das, Ugli, ruh dich aus. Kann nicht schaden nach so viel Erschütterungen.
Nutscracker
Interessantes Kreuzworträtsel. Aber wie ist es vom mystischen Standpunkt aus zu erklären, daß der Buchstabe S den Mittelpunkt des Lebenslabyrinths bildet?
Monstradamus
Wem, wenn nicht dir, sollte das klar sein, Nußknacker!
Nut$cracker
Wieso?
Monstradamus
Weil du auch eins in deiner Mitte hast. Sieht im Moment besonders hübsch aus …
Nutscracker
Was, wie? Ach so, das. Da treiben die Moderatoren wieder ihre Späße. Falls du darauf anspielst: Ich werde für meine Arbeit unanständig schlecht bezahlt.
Romeo-y-Cohiba
Isolde, bist du zurück?
Monstradamus
Grüß dich, Romeo.
Romeo-y-Cohiba
Heißt du Isolde?
Nutscracker
Cohiba ist heute nicht bei Laune.
Monstradamus
Am besten fand ich den Satz: Mit jeder neuen Sekunde sank ich tiefer und tiefer in die Vergangenheit.

Nutscracker
Ja, den habe ich mir auch gemerkt.
Monstradamus
Die reine Poesie. Wir alle versinken mit jedem Tag mehr in der Vergangenheit. Verschwinden darin, wie ein Taucher abtaucht, in Zeitlupe. Was ist der Unterschied zwischen einem alten und einem jungen Mann, wenn man sie nebeneinanderstellt?
Nutscracker
Der eine ist alt, der andere jung.
Monstradamus
Ja, aber was bedeutet das? Daß von dem Alten nur noch ein ganz kleines Stück über Wasser ragt – ihn hat die Lethe schon fast zur Gänze geschluckt. Während der Junge noch beinahe ganz obenauf ist – er berührt gerade mal die Wasseroberfläche. Das ist der Unterschied, oder etwa nicht?
Nutscracker
Ich weiß nicht. Heutzutage können genausogut beide zugleich absaufen, und das jederzeit. Wie groß die Stücke sind, die übrigbleiben, hängt nicht vom Alter ab, sondern davon, wie groß die Sprengladung war.
Monstradamus
Stimmt auch wieder.
Nutscracker
Aber noch mal zu Uglis Satz, der dir so gefallen hat. Meiner Meinung nach hat sie vom Schreckenshelm gesprochen. Zukunft wird aus Vergangenheit fabriziert, wie wir jetzt wissen, und je weiter wir in die Zukunft vordringen, desto mehr Vergangenheit wird

zur Produktion benötigt. Anders gesagt: Je näher die Sterne, desto tiefer die Grube …

Romeo-y-Cohiba

Isolde, bist du hier? Isolde!!

Nutscracker

Und zur Vervollständigung des Bildes läßt sich sagen, daß die Vergangenheitsblasen hier in einem Helm geplatzt sind, der »Augenleim« und »Sonnenkuß« laufen hatte.

UGLI 666

Wie bitte?

Monstradamus

Du bist ja noch da, Ugli! Hör nicht auf ihn, er macht Witze.

UGLI 666

Ich hätte euch nichts erzählen dürfen.

Monstradamus

Sei nicht gleich sauer, Ugli.

UGLI 666

Noch einmal werde ich diesen Fehler nicht machen.

Monstradamus

Entschuldige dich, Nußknacker.

Nutscracker

Wofür denn?

Monstradamus

Entschuldige dich, bitte.

Nutscracker

Na schön. Entschuldige, Ugli.

UGLI 666

Gott vergibt.

IsoldA
Romeo, wo bist du? Ich bin zurück.
Romeo-y-Cohiba
Ich hab mir schon Sorgen gemacht. Erzähle!
IsoldA
Zuerst du.
Romeo-y-Cohiba
Gut. Den Pavillon habe ich schnell wiedergefunden, ich hatte mir beim letzten Mal markiert, wie ich an den Gabelungen zu gehen hatte. Aber unterwegs ist mir etwas Gruseliges begegnet.
IsoldA
Dir auch?
Romeo-y-Cohiba
He, ist dir was passiert? Bist du o.k.?
IsoldA
Alles gut. Erzähl weiter.
Romeo-y-Cohiba
Als ich an der Bank vorbeikam, von der aus man das Dach und den Brunnen sieht, spürte ich plötzlich hinter mir eine Bewegung. Ich fuhr herum und sah etwas vollkommen Unglaubliches. Stell dir einen langen, schmalen Korridor zwischen zwei Hecken vor. Von da kam einer mit Rollschuhen auf mich zugefahren … Ob das überhaupt ein Mensch war, kann ich nicht sagen. Er war gigantisch groß, mit einem Sombrero auf dem Kopf und einer Hockeytorwartmaske aus weißem Plastik. Hinter ihm waren noch zwei kleinere Gestalten, man sah sie fast nicht hinter seinem Rücken, weil er die ganze Breite des Korridors ein-

nahm. Auch das Trikot stammte von einem Hockeytorwart: blau, in Übergröße, mit Nummer 35 und der Aufschrift CHICAGO BULLS. Zumindest las ich es erst mal so. Beim Näherkommen wurde die Nummer vollkommen rätselhaft: -3.5%, und aus dem BULLS ein BEARS. Manche Zeichen und Buchstaben hoben sich kaum von der Trikotfarbe ab und waren darum aus der Entfernung schlecht zu sehen. In den Händen hielt er einen Doppelschläger.

IsoldA

Was ist das denn?

Romeo-y-Cohiba

Du weißt, wie ein Hockeyschläger aussieht? Stell dir einen vor, der unten zwei Kellen hat, eine nach jeder Seite. Spielen ließe sich damit wohl nicht.

IsoldA

Und was passierte, als er näher an dich herankam?

Romeo-y-Cohiba

Er kam nicht heran. Zwischen mir und ihm waren vielleicht noch zehn Fuß Abstand, da schwirrte er plötzlich um die Ecke und verschwand in einem Seitengang. Die anderen beiden hinterher.

IsoldA

Wer waren die?

Romeo-y-Cohiba

Zwei Zwerge auf Rollschuhen, mit Sombrero. Die Gesichter konnte ich nicht sehen, weil sie die Köpfe gesenkt hielten, damit es ihnen die Hüte nicht vom Kopf wehte. Mit den Händen zogen sie sich den Saum ihrer Leibchen straff wie züchtige Fräuleins.

IsoldA

Und das wars dann?

Romeo-y-Cohiba

Glücklicherweise ja. Wem bist du begegnet?

IsoldA

Es war auf einer der Alleen, an einer Ecke. Plötzlich hörte ich hinter mir den Klang einer gezupften Saite. Ich wandte mich um und sah in vielleicht zwanzig Metern Entfernung eine hünenhafte Gestalt neben einem der Brunnen stehen. Gekleidet wie ein Edelmann aus aristokratischen Zeiten, in Schwarz und Gold, das Gesicht hinter einer goldenen Sonnenmaske verborgen, die er an einem Stöckchen hielt. Neben ihm standen zwei Zwerge in purpurroten Samtwämsen, mit diesen alten bauchigen Lauten in den Händen. Während sie ein paar sanfte Akkorde griffen, drehte der Riese seine Maske ein wenig, die nun vom Sonnenlicht so heftig aufblitzte, daß ich die Augen zukneifen mußte. Als ich sie wieder öffnete, waren die drei weg. Ich hatte nicht einmal Zeit gehabt zu erschrecken, glaubte an eine Halluzination – nach allem, was man hier schon zu hören bekommen hat. Aber jetzt weiß ich schon wieder nicht mehr, was ich denken soll. Erzähl du weiter!

Romeo-y-Cohiba

Ich dachte: Wenn dieser Riese mir ans Leder wollte, hätte er es längst getan. Also lief ich weiter, als wäre nichts geschehen. Danach begegnete mir niemand mehr. Die Tür an der Rückwand des Pavillons war unverschlossen. Dahinter lag ein Korridor, er ging mehrmals um die Ecke. Natürlich stockdunkel. Die Dielen knarrten zum Gotterbarmen, so als säßen unter jedem Brett drei Kröten. Es war ziemlich zum Fürchten. Seitwärts gingen Türen ab, dahinter wieder nur neue. Ich lief aufs Geratewohl durch die muffige, knarzende Finsternis und verlor schnell die Orientierung. Apathie überkam mich. Am liebsten hätte ich mich fallen lassen, die Augen zugemacht und alles auf der Welt vergessen. Wahrscheinlich hätte ich das irgendwann sogar getan, doch dann kam hinter einer der Türen auf einmal ein großer Raum, in dem Licht brannte. Er war leer, staubig, ohne Fenster. Quergeteilt durch ein Gitter aus Stahlstäben, die so massiv waren, daß ein Elefant nicht dagegen angekommen wäre. Es gab keine Möbel, nur ein paar Gemälde hingen da, seltsamerweise umgedreht, mit dem Bild zur Wand – wahrscheinlich, damit sie nicht verstaubten, so spart man die Verglasung, gar nicht dumm, dachte ich mir. An der Tür, die hinter mir ins Schloß gefallen war, hing ein Schild: »Bitte leise!« Und auf der anderen Seite des Gitters befand sich ein Wandbild. Darauf das schönste Mädchen, das ich je gesehen habe. Es erstreckte sich über die ganze Wand.

IsoldA

Das Mädchen?

Romeo-y-Cohiba

Das Bild natürlich. Ein Garten, voll mit den wunderlichsten Vögeln und Gewächsen. Mitten darin das Mädchen, in Lebensgröße. Splitternackt, aber das stand ihr gut. Sie hatte grünes Haar, wie Grashalme, die sich wiegten im gemalten Wind. Die Wimpern ebenso grün. Ihr Leib von der Sonne gebräunt. Sie lagerte auf einer großen perlmuttschillernden Muschelschale, den Schoß dezent mit einem Blumenstrauß verbergend. Der Muschelrand über ihrem Kopf hatte seltsame Ausbuchtungen, die wie Hörner aussahen. Dort waren schwarze Gummigriffe angeschraubt. Die Ausbuchtungen waren gemalt, die Griffe echt, wie die zum Festhalten im Bus. Ich mußte sie anfassen, um mich davon zu überzeugen. Wozu sie da waren, verstand man nicht.

IsoldA

Wie konntest du sie anfassen? Du sagtest doch, zwischen Tür und Wandbild sei ein Gitter gewesen.

Romeo-y-Cohiba

Richtig. Aber man konnte sich mühelos zwischen den Stäben hindurchschieben. Und das tat ich. Das Gitter schien nicht für Menschen bestimmt.

IsoldA

Beschreib mir das Mädchen.

Romeo-y-Cohiba

Mag sein, daß sie über achtzehn war, sah aber aus wie vierzehn. Ihre Pose würde ich schamlos nennen und doch zugleich von großer Natürlichkeit. Ich will damit sagen, die Pose wäre äußerst schamlos gewesen, hätte sie gewußt, daß andere sie so sehen konnten. Doch läge sie so bei sich zu Hause, sagen wir, an einem schwülen Sommertag, könnte daran nichts Schamloses sein. Andererseits blickte sie dem Betrachter direkt in die Augen, in diesem Fall waren es meine. Blinzelte schalkhaft, als wüßte sie genau, daß ich da bin, und lächelte. Und ihre Augen waren so unglaublich grün! So daß man überhaupt nicht mehr wußte, was der Künstler hatte damit sagen wollen. Entweder sie gebärdete sich so, weil sie wußte, daß man auf sie sah, und wäre die Schamlosigkeit in Person gewesen, doch daran mochte man schwerlich glauben, oder sie lag so in der Annahme, keiner sei in der Nähe, und lächelte mehr aus Gewohnheit, als sie meine Anwesenheit bemerkte. In diesem Fall war der Maler ein Genie, denn er hatte genau jenen winzigen Moment abgepaßt, da das Hirn schon den Befehl gegeben hat aufzukreischen, die Stimmbänder aber das Kommando noch nicht erhalten haben. In diesem Fall wäre ich, weil ich nicht wegsah, der Schamlose gewesen, und das in einem Maße, daß es mich erregte. Mit einem Wort: Es war große Kunst. Ein geheimnisumwobenes Meisterwerk. Ich war noch nicht fertig damit, es zu betrachten, als der Blumenstrauß, mit dem das Mädchen seinen Unterleib bedeckte, nach unten rutschte. Und man bedenke, er hatte nicht nur den Unterleib bedeckt, sondern das Zuunterste, da, wo es tiefer nicht geht, höchstens wieder höher …

IsoldA

Ich hab schon verstanden, Romeo.

Romeo-y-Cohiba

Anscheinend war in der Wand ein Mechanismus verborgen. Die Hand, die den Strauß hielt, und mit ihr der ganze Unterarm fingen an, sich um den Ellbogen zu bewegen wie der Zeiger einer Turmuhr. Doch bevor ich sehen konnte, was hinter dem Strauß war, schwand das Licht, nach kurzer Zeit war es absolut finster. Ich näherte mich der Wand, begann sie abzutasten. Da, wo der Blumenstrauß gewesen war, klaffte nun ein ziemlich großes Loch. Vorsichtig schob ich die Hand hinein und stieß plötzlich auf etwas Weiches, Lebendiges, das im selben Moment vor mir zurückzuckte. Mir war, als wäre es gleichfalls eine Hand gewesen. Vor Überraschung hatte ich aufgeschrien, und im selben Augenblick sprühte irgendein beißendes Zeug von der Decke herab, etwas wie Tränengas. Ich sprang zurück. Das Licht ging wieder an. Als es hell genug war, um etwas zu erkennen, war der Blumenstrauß an seiner alten Stelle. Mir brannten die Augen, ich floh aus dem Raum, als wäre er eine Gaskammer.

IsoldA

Tun die Augen noch weh?

Romeo-y-Cohiba

Nicht mehr.

IsoldA

Verstehe.

IsoldA

Was verstehst du, Isolde?

IsoldA

Sieht so aus, als wäre ich auf der anderen Seite dieser Schaubudenvorführung gewesen. Nachdem der Riese mit der Sonnenmaske verschwunden war, bin ich zu dem Pavillon gegangen. Aber die Tür war verschlossen, die Fenster waren zugeriegelt. Ich schlug eine

Scheibe ein, schob den Riegel auf und stieg ein. Gleich hinter der nächsten Tür begann ein ebenso finsterer, labyrinthischer Korridor, wie du ihn beschrieben hast. Und zum Schluß bin auch ich in einem großen erleuchteten Raum ohne Fenster gelandet. Nur daß es anstelle von Bildern ein paar Spiegel gab, die mit weißer Farbe zugepinselt waren. In der Mitte des Raumes war zwischen Fußboden und Decke ein riesiger Stahlring montiert, an den rundherum ein schlaff zu Boden hängendes Nylonnetz geknüpft war, es sah aus wie ein Fangnetz für Fische. Das »Bitte leise!«-Schild hing auch an meiner Tür. Und die Wand auf der anderen Seite des Rings war bemalt. Das Bild unterschied sich allerdings deutlich von deinem. Eine Art Grand-Canyon-Panorama. Weit unten im Dunst sah man die Wüste liegen. Direkt vor einem aber, hart an der Kante eines roten Felsens, stand ein Auto, um das herum sich die gemalte Staubwolke gerade legte. Es sah ganz danach aus, als hätte das Auto hinter einer scharfen Kurve bremsen müssen und wäre erst zum Stehen gekommen, als die Vorderräder schon über dem Abgrund hingen. Es war ein Rolls-Royce-Jeep in strenger Seitenansicht, wie auf einem Werbephoto.

Romeo-y-Cohiba

Bist du dir sicher, daß es ein Rolls Royce war?

IsoldA

Klar. Er trug das Doppel-R und auf dem Kühler den geflügelten Oscar – alles, wie es sich gehört.

Romeo-y-Cohiba

Dann war es kein Jeep. Rolls Royce baut keine Jeeps.

IsoldA

Romeo, ich werde doch wohl noch einen Jeep erkennen! Sport Utility Vehicle, eindeutig! Sogar die Bezeichnung konnte man lesen, irgendwas wie »Full Drive Shadow«. Das war es ja gerade: Die pure künstlerische Freiheit, aber so was von überzeugend, man brauchte nur einmal hinzuschauen und wußte: Sollte Rolls-Royce je auf die Idee kommen, ein SUV zu bauen, dann muß es werden wie das dort angemalte, etwas anderes läßt der Druck der Ereignisse gar nicht zu. Das Ding war ganz aus Gold und Stahl, eine überdimensionale Juwelieruhr. Es eindrucksvoll zu nennen wäre stark untertrieben. Wenn, sagen wir, das teuerste Brillantencollier der Welt sich von einem Space shuttle ein Kind machen lassen könnte, dann sähe das nach Eintritt in die Geschlechtsreife ungefähr so aus. Ja, und vor dem Jeep stand ein Stufenpodest. Wohlgemerkt kein gemaltes, sondern ein echtes, aus Holz gezimmertes Podest, an die Wand gerückt. Auch die Seitenscheiben waren echt – schwarz getönt. Abfahrtsskier und Surfbrett auf dem Dach.

Romeo-y-Cohiba

Auch echt?

IsoldA

Nein, die waren gemalt. Aber die Leiste, an der sie befestigt waren, das heißt, an der befestigt sie gemalt waren, die Leiste war wiederum echt. Vergoldeter Stahl.

Romeo-y-Cohiba

Was für eine Leiste denn?

IsoldA

Ach, ich weiß nicht, wie das richtig heißt – an der man befestigen kann, was auf dem Dach transportiert werden soll. Daran hingen Schlaufen aus schwarzem Leder, wie für akrobatische Übungen gedacht, auch die waren echt. Echt waren außerdem die Türgriffe und die Radkappen. Auch aus Stahl, auch vergoldet.

Romeo-y-Cohiba

Hast du probiert, ob die Tür aufgeht?

IsoldA

Ich sagte doch, es gab keine Türen, nur die Griffe. Aber ich kam gar nicht dazu, sie anzurühren. Kaum hatte ich ein paar Schritte auf den Wagen zu gemacht, als das Seitenfenster langsam herunterfuhr. Automatik anscheinend. Ich hätte gar zu gern gesehen, was dahinter war, aber in dem Moment begann auch schon das Licht auszugehen, Sekunden später war alles finster, genau wie bei dir. Ich bin auf das Podest getappt und suchte mit der Hand die Stelle, wo ich das Fenster des Jeeps vermutete. Da hatte sich etwas aufgetan. Ich fuhr mit der Hand um den Rand der Öffnung. Es griff sich tatsächlich an wie ein Autofenster. Aber es war nur halb heruntergelassen, der Spalt zu eng, um hineinzukriechen. Von drinnen war ein Luftzug zu spüren, als liefe die Klimaanlage. Auch meinte ich ein schwaches Licht schimmern zu sehen. Ich beugte mich nach vorn, um wenigstens hineinzuspähen, doch kaum hatte ich das Gesicht auf Fensterhöhe, da stieß mir etwas gegen die Wange, und ein wüstes Brüllen war zu hören. Erschrocken prallte ich zurück, verlor das Gleichgewicht und fiel vom Podest. Währenddessen ging das Licht an – allmählich, wie im Kino nach Ende der Vorführung. Bis es richtig hell war, hatte sich das Fenster im Jeep längst wieder geschlossen. Ich eilte durch den Korridor ins Freie und bin zurückgegangen. Anfangs schlotterte ich am ganzen Körper, aber mit der Zeit kriegte ich mich wieder ein. Jetzt muß ich schon lachen, wenn ich an die Geschichte denke.

Romeo-y-Cohiba

Eines habe ich jedenfalls begriffen: Eile mit Weile!

IsoldA

Klar. Vor allem du mit deinem Geländewagen.

Romeo-y-Cohiba

Das ist doch *dein* Geländewagen.

IsoldA

Wieso?

Romeo-y-Cohiba

Weil er auf deiner Seite war.

IsoldA

Aber du warst drin. Also war es deiner.

Romeo-y-Cohiba

Wie kann mir etwas gehören, das ich nicht mal sehen kann?

IsoldA

Und mir etwas, in das kein Weg hineinführt? Mit Ach und Krach hätte ich den Kopf hineinzwängen können.

Romeo-y-Cohiba

Ich schlage vor, der Wagen gehört uns beiden. Damit können wir nicht falsch liegen.

IsoldA

Vorschlag angenommen!

Romeo-y-Cohiba

Isolde ... Ich muß dir etwas sagen. Es hört sich vielleicht blöd an, aber ich möchte, daß du es weißt. Du gehst mir einfach nicht aus dem Sinn. Ganz egal, was ich sonst noch zu bedenken habe. Es ist, als wären die Gedanken, die nicht mit dir zusammenhängen, schwere Hanteln; sie zu stemmen fällt mir unheimlich schwer. Und alles, was dich betrifft, ist easy und happy, wie perlender Champagner. Es zu denken ist ein nicht enden wollendes Vergnügen.

IsoldA

Das hört sich tatsächlich ziemlich blöd an, Romeo. Aber für mich trifft ganz genau dasselbe zu.

Romeo-y-Cohiba

Wie wäre es, wenn wir uns an gleicher Stelle noch mal träfen? Sagen wir: morgen, tagsüber? In aller Ruhe. Ohne Bohei.

IsoldA

Und wenn sie uns nun beobachten? Dort drinnen, meine ich.

Romeo-y-Cohiba

Wenn das Fenster runterfährt, geht doch das Licht aus.

IsoldA

Noch nie was von Infrarotkameras gehört? Sie könnten einen ganzen Film von uns drehen, ohne Licht zu machen.

Romeo-y-Cohiba

Wem sollten sie den zeigen?

IsoldA
Zum Beispiel deiner Frau. Oder Ariadne im Traum.
Romeo-y-Cohiba
Ich bin nicht verheiratet. Und was Ariadne angeht, die kann mir gestohlen bleiben mit ihren Träumen ... Wenn wir erst anfangen, auf Voyeure achtzugeben, sehen wir bald nichts anderes mehr auf dieser Welt.
IsoldA
Das ist wahr. Die einzige Möglichkeit, mit sich allein zu sein, ist, so zu tun, als wäre man es.
Romeo-y-Cohiba
Dann treffen wir uns also?
IsoldA
Morgen um drei, Romeo. I date your car.
Romeo-y-Cohiba
Our car. Meine grünäugige Lolita. Mona Lita.
IsoldA
Und jetzt wird geschlafen, Cohiba. Bis morgen!
Nutscracker
Bis morgen, mein Schatz. Monster, bist du hier?
Monstradamus
Wo sollte ich sonst sein.
Nutscracker
Wie fandest du das?
Monstradamus
Unser Hausherr wird ein Tränchen der Rührung vergossen haben. Abendkurs in griechischer Philosophie. Die Aporien des Zenon: Achilles hat ein schönes Auto und kann nicht damit fahren. Denn wenn er damit fährt, sieht er es nicht. Nur die Passanten sehen

es – darum sind sie es, die mit ihm fahren. Während Achilles sich nur einbildet, daß er damit fährt, in Wirklichkeit fährt es mit ihm.

Nutscracker

Ich könnte neidisch werden. Du nicht?

Monstradamus

Nicht besonders. Ich mag sowieso keine Jeeps, man sitzt darin zu hoch über der Straße. Und ein Rolls-Royce-SUV finde ich erst recht übertrieben. Cohiba gehört in einen Alpha Romeo.

Nutscracker

Ich rede nicht von dem Auto. Alpha Romeo, Beta Romeo, das kommt mir vor wie die Kategorisierung der Männchen in einer Schimpansenhorde. Ich spreche von den Gefühlen.

Monstradamus

Aber die hast du doch genauso. Sie haben die Liebe, du hast den Neid. Das sind, wie Genossin Ariadne uns lehrt, nur verschiedene Aggregatzustände der Vergangenheit im Schreckenshelm.

Nutscracker

Und mit diesen optimistischen Worten verabschieden wir uns von Ihnen …

Monstradamus

Genau. Gute Nacht.

:-))))

Organizm(-:
Hat jemand Lust auf einen Schwatz?
Ariadne
Ich.
Nutscracker
Ich auch.
Monstradamus
Ich glaube, ich auch.
Organizm(-:
Interessante Besetzung. Schon gemerkt, daß wir vier etwas gemeinsam haben?
Nutscracker
Springt ja ins Auge. Alle benutzen wir Toilettenpapier mit Sternchen.
Monstradamus
Und lieben das Leben mit Leidenschaft.
Organizm(-:
Da ist noch was.
Nutscracker
Außerdem werden wir neuerdings lausig verpflegt. Hatten alle gestern diese Leichenlasagne? Und wie fandet ihr das blutige vegetarische Beefsteak von heute?
Organizm(-:
Das meine ich auch nicht.

Monstradamus
Ich weiß schon, was er meint. Von uns vieren hat noch keiner über sein Labyrinth berichtet.
Ariadne
Na und? Mich hat noch keiner danach gefragt.
Nutscracker
Würdest du denn davon erzählen wollen?
Ariadne
Natürlich.
Nutscracker
Ja, dann. Sag mal, Ariadne, was hast du denn eigentlich Schönes vor deiner Tür?
Ariadne
Ein Schlafzimmer.
Nutscracker
Nanu? Nur ein gewöhnliches Schlafzimmer?
Ariadne
Kein gewöhnliches. Nur falls ihr hin und wieder in irgendwelchen Modejournalen mit schicken Wohnungseinrichtungen blättert, dürftet ihr so etwas schon gesehen haben. Ein großes Zimmer, von dem das Bett mindestens die Hälfte einnimmt. Eine Matratze, die zu beschreiben mir die Worte fehlen, man müßte wieder ein Gedicht schreiben. Legt man sich darauf, meint man, mit dem Fallschirm durch die Luft zu schweben. Kissen, Deckbett, Laken – alles nur vom Feinsten. Air conditioning mit vielen Regulierungsstufen. Man kann es so einstellen, daß eine frische Meeresbrise durch das Zimmer weht. Schwere Vorhänge vor dem Fenster, die ...

Nutscracker
Du hast ein Fenster? Wohinaus?
Ariadne
Keine Ahnung. Irgendein Garten. Gehölz. Mehr ist nicht zu sehen.
Nutscracker
Hast du versucht, es zu öffnen?
Ariadne
Es geht nicht auf. Was noch? Über dem Bett ein gediegener Wandleuchter, noch eine Nachtlampe in der Ecke. Außerdem gibt es eine Mini-Bar, in der aber keine Getränke sind, sondern Schlafmittel. Und zwar viele Sorten, in hübschen, bunten Schächtelchen, jedes mit Beipackzettel, worauf genau steht, wie viele Tabletten man auf einmal schlucken darf, was sich womit verträgt und so weiter. Dabei brauche ich gar keine Schlafmittel. Ich muß mich bloß auf dieses Bett legen und entschwebe augenblicklich.
Nutscracker
Sonst noch was?
Ariadne
Wenn ich das Schlafzimmer längere Zeit verlasse, sagen wir, eine Stunde oder mehr, wechselt jemand die Handtücher und macht das Bett. Aber ich habe denjenigen noch nie gesehen. Und das Schlafzimmer hat weiter keine Tür, er müßte bei mir durchkommen.
Nutscracker
Wie erklärst du dir das?
Ariadne
Ich denke nicht darüber nach. Das macht ruhiger.

Nutscracker
Von deinem Labyrinth kann man sich ja Schwielen an den Hintern liegen, Ariadne.
Ariadne
Du scheinst mich nicht verstanden zu haben. Was denn für Schwielen? Ich habe eine Matratze, die spüre ich überhaupt nicht. Ein Engel könnte auf ihr schlafen, ohne um seine Flügel fürchten zu müssen.
Monstradamus
Das wäre überhaupt eine interessante Frage: Wie schlafen Engel?
Ariadne
Vermutlich wie Fledermäuse. Kopfunter an einem kleinen Korallentrapez hängend. An den Schuhchen haben sie extra goldene Häkchen dafür.
Monstradamus
Gut möglich. Aber sie hängen mit den Köpfen nach oben, denn auf sie wirkt nicht die Anziehungskraft der Erde, sondern der Liebe Gottes, wie Ugli erwähnte. Engel sind immaterielle Wesen.
Organizm(-:
Wie sie dann wohl »zu den Töchtern der Menschen eingingen«?
Nutscracker
Das kann dir Ugli bestimmt näher erklären. Oder bei ihren Informanten erfragen. Ugli, bist du da?
Monstradamus
Apropos, Ariadne, du hattest angeboten, Fragen zum Schreckenshelm entgegenzunehmen. Für den Fall, daß du noch mal von unserer Regierung träumst.

Ariadne
Ja, natürlich.
Monstradamus
Ich hätte derer drei. Erstens wüßte ich gern noch einmal genauer, wie aus dem Nichts alles übrige produziert wird. Zweitens: Wie kann der Schreckenshelm in einem seiner Teile Platz finden, und soll das bedeuten, daß in einem Helm ein zweiter, in diesem ein dritter steckt und immer so weiter? Und Frage drei: Wie funktioniert der Labyrinthscheider?
Ariadne
Gut, ich werde fragen.
Nutscracker
Und wenn du einmal dabei bist, könntest du noch etwas über den Nackenzopf in Erfahrung bringen. Über den wissen wir nämlich noch gar nichts.
Organizm(-:
Ich habe auch eine Frage. Warum heißt der Schrekkenshelm Schreckenshelm?
Ariadne
Wird erledigt. Ich geh dann jetzt mal.
Monstradamus
So Hals über Kopf?
Ariadne
Sonst vergesse ich die Fragen wieder.
Nutscracker
Gut, dann geh lieber. Und wir machen hier weiter. Monster, du hattest etwas über dein Labyrinth gesagt, wie war das noch mal?

Monstradamus
Ich? Wann?
Nutscracker
Als Ugli aus ihrer Kathedrale berichtete. Man führte sie vor diese Schießscheibe und behauptete, es wäre das mystischste Labyrinth, das es gibt. Worauf du verkündetest, das mystischste hättest du. Da wüßte man doch gerne mehr.
Monstradamus
Lieber würde ich diese Behauptung zurücknehmen. Das mystischste Labyrinth von uns allen hat garantiert Sartrik. Sartrik, bist du hier?
Nutscracker
Der wird an seinem Kühlschrak sein.
Monstradamus
Dann erzähl du von deinem. Oder nein, Organismus soll erzählen.
Organizm(-:
Meines ist nicht sehr spannend. Ein Screensaver.
Monstradamus
Ein was?
Organizm(-:
Bei Windows gibt es einen Screensaver namens »maze«. Der ist bei mir aufgebaut. In echt. Nicht aus Pixeln, sondern aus Holz. Meines Wissens der einmalige Fall, daß Soft zu Hard gecovert worden ist.
Monstradamus
Versteht jemand mehr als ich?
Nutscracker
Es geht um ein Computerprogramm.

Monstradamus

Das den Bildschirm abschaltet?

Nutscracker

Im Gegenteil, es zeigt, was er kann.

Monstradamus

Und wieso dann Screensaver? Worin besteht die Erlösung?

Nutscracker

Das müßte Ugli ihre Kanoniker fragen. Die sind für Erlösungen zuständig.

UGLI 666

Wenn das eine Schmähung unseres Erlösers gewesen sein soll: Er wird es dir armem sündigem Tropf nachsehen. Den Heiligen Geist anzugehen würde ich dir aber nicht raten.

Nutscracker

Ah, sie ist zurück. Gehe ich recht in der Annahme, daß dein Erlöser das Amt des Schöpfers mitversieht?

UGLI 666

Allerdings.

Nutscracker

Weißt du, woran er mich erinnert? An einen bösen Hexenmeister, der eines Tages Lust bekommt, kleine Katzen zu quälen. Er sucht sich einen finsteren Keller, formt aus Lehm so ein Kätzchen, haucht ihm Leben ein, und – peng! – haut er es mit dem Kopf gegen die Wand. Und das Sonntag für Sonntag, jeweils hundert Stück. Und damit man es draußen nicht miauen hört, lehrt er die Katzen vorher noch schnell das stoische Denken: Daß du wieder zu Erde werdest, davon du genommen bist. Obendrein zwingt er sie, die paar Sekunden, die sie auf der Welt sind, mit Beten zu verbringen.

Monstradamus

Weiß der Teufel, was du manchmal für närrisches Zeug im Kopf hast, Nußknacker.

UGLI 666

Ganz genau. Der Teufel weiß es. Das war nun schon eindeutig eine Schmähung des Heiligen Geistes. Nimm dich in acht, Nußknacker. Und wisse: Der Herrgott zwingt niemanden, zu Ihm zu beten. Wir selbst wählen diesen Weg, denn Er hat uns mit einem freien Willen begabt.

Nutscracker

Daß ich nicht lache, Ugli. Freier Wille! Leben ist wie vom Dach fallen. Läßt es sich anhalten? Nein. Läßt es sich rückgängig machen? Nein. Kann man eine Kurve seitwärts fliegen? Nur in einer Badehosenwerbung für Dachdiver. Die Freiheit des Willens beschränkt sich darauf, daß du dir aussuchen darfst, ob du schon unterwegs zu furzen anfängst oder es dir verkneifst, bist du unten bist. Darüber, was besser ist, streiten die Philosophen.

UGLI 666

Man spürt bei jedem Gespräch, daß dir nach Furzen zumute ist, Nußknacker. Und manchmal entfährt es dir, das muß ich schon sagen.

Monstradamus

Also wißt ihr. Wie die Kinder! Hört auf damit jetzt. Was ist das für ein Screensaver, Organismus?

Organizm(-:
Ein Standardprogramm. Rührst du ein paar Minuten die Tastatur nicht an, erscheint auf dem Bildschirm ein Labyrinth aus Backsteinwänden, an dem die Kamera entlangfährt. Darin gibt es allerlei Kinkerlitzchen: zum Beispiel Steine, die, wenn du sie anstößt, alles auf den Kopf stellen. Die Decke wird zum Fußboden, der Fußboden zur Decke, und die Kamera fährt an den Ecken in die entgegengesetzte Richtung. Außerdem wohnt in dem Labyrinth eine große Ratte. Von diesem Screensaver existieren bei mir zwei Varianten. Die eine auf dem Bildschirm, wenn ich mal eine Weile nicht an euch denke. Die andere ein ziemlich exakter Nachbau aus Sperrholz und Bohlen vor meiner Tür. Sogar die Ratte ist da: eine Art Abtreter mit Schnauze und Pfoten aus Plüsch. Manchmal liegt diese Ratte quer in einem der Gänge. Manchmal klebt sie an der Decke. Diese Prellsteine kommen auch vor, als graue Plastikpoller. Aber sie stellen nichts auf den Kopf. Wenn man sie berührt, hängt das Labyrinth sich auf.
Nutscracker
Wie jetzt?
Organizm(-:
Das ist so mein Ausdruck dafür. Was geschieht, ist, daß das Licht ausgeht und an den Prellsteinen ein Schriftfeld aufleuchtet: *This program has performed an illegal operation and will be shut down. If the problem persists, contact the program vendor.*

Nutscracker
Und dann?
Organizm(-:
Muß ich im Dunkeln nach Hause gehen. Und das ist ziemlich lästig, weil du von den Stimmen eine Meise kriegst.
Nutscracker
Du hörst also Stimmen.
Organizm(-:
Verschiedenster Art. Leise und laute. Männliche, weibliche, manchmal Kinderstimmen. Mal von weitem und mal von ganz nah.
Nutscracker
Und was sagen die Stimmen?
Organizm(-:
Immer dasselbe. »I'm the vendor. I'm the vendor. What will you do? What can you do?«
Nutscracker
Das ist natürlich hart. Und Bull Gates ist für dich nicht zu sprechen, nehme ich an.
Organizm(-:
Nein.
Nutscracker
Aber vielleicht spricht er zu dir, und du merkst es nur nicht? Vielleicht sagt er, daß die tote Ratte an der Decke der Minotaurus ist?
Organizm(-:
Vielleicht auch das. Jedenfalls, wenn man sich von diesen Prellsteinen fernhält, na, und noch dies und jenes andere unterläßt, kann man im Labyrinth gemütlich

spazierengehen. Und dann merkt man schnell, daß es gar kein Labyrinth ist, sondern ein betonierter Keller mit Stellwänden aus Sperrholz.

Nutscracker

Hast du mal versucht, die Wände einzureißen?

Organizm(-:

Du brauchst nur ein bißchen daran zu wackeln, schon hängt sich alles auf. Dann mußt du aus der Dunkelheit herausfinden und die Stimmen ertragen. Besser, man faßt nichts an.

Nutscracker

Bist du mal bis zur Mitte vorgedrungen?

Organizm(-:

Bin ich.

Nutscracker

Und? Was war da?

Organizm(-:

Ein kleines Kämmerlein mit einem Schriftzug an der Wand: Open GL. Denselben gibt es auch im virtuellen Saver, da schwebt er so im Raum, hier war er mit Ölfarbe an die Wand gepinselt. Was könnte er übrigens bedeuten?

Nutscracker

Monster?

Monstradamus

Open General License. Wenn nicht Open Great Labyrinth.

Nutscracker

Und außer der Inschrift gabs weiter nichts in dem Kämmerlein?

Organizm(-:
Einen Stuhl. Und einen Spiegel.
Nutscracker
Na freilich. Marke Tarkowski, nehme ich an.
Organizm(-:
Ich saß lange davor. Weil ich in dem Moment das Gefühl hatte, gleich müßte es bei mir klick! machen. Aber da tat sich leider nix.
Monstradamus
So ist es in dem Fall immer.
Organizm(-:
In welchem? Wenn einer zu lange vor dem Spiegel sitzt?
Monstradamus
Wenn man das Gefühl hat, gleich müßte einem ein Licht aufgehen. Das ist, wie wenn man eine Kugel pfeifen oder ein Flugzeug dröhnen hört. Dann sind sie vorbeigeflogen.
Nutscracker
Organismus, woran konntest du eigentlich sehen, daß es die Mitte vom Labyrinth ist, wo Stuhl und Spiegel sich befinden?
Organizm(-:
An Stuhl und Spiegel. Weswegen stünden sie sonst da?
Monstradamus
Das leuchtet ein.
Nutscracker
Und was ist nun bei dir, Monster? Ich platze vor Neugier.

Monstradamus
Du zuerst. So wars verabredet.
Nutscracker
Na schön. Dann erstatte ich jetzt mal Bericht. Bei mir gibt es etwas wie ein Schnittstudio beim Fernsehen. Mit professioneller Technik: Betacam-Recorder, Spezialmonitor, diverse Mischpulte, von deren Sinn und Zweck ich wenig verstehe. Alles, wie man es sich vorstellt. An der Wand hängt ein verrücktes Poster mit einer Zeichnung: ein Hund im leeren weißen Raum. Vor ihm an der Wand so etwas wie eine Schalttafel, in die mehrere Glühbirnen eingeschraubt sind. Zwei davon leuchten – links eine rote, rechts eine blaue. Darunter eine Klingel, um die herum Schallwellen gemalt sind – sie klingelt, soll das wohl heißen. In den Kopf des Hundes ist eine Elektrode implantiert, von der Drähte zur Tafel hinlaufen. An seinem Bauch ein mit Leukoplast verklebter Schnitt, aus dem ein Gummiröhrchen in einen am Boden stehenden Kolben führt: Gallensaft tropft heraus. Der Hund hält die rechte Pfote erhoben. Hängende Zunge, Ohren gespitzt, Liebe im Blick. Darunter steht: »Gib Pfötchen, Bruder!« Als ich das sah, stand ich wie vom Donner gerührt. Woher wissen die das schon wieder, habe ich mich gefragt. Bis mir einfiel, daß ich selbst ja von der Pawlowschen Töle erzählt hatte. Unter dem Poster steht ein Tresor, vollgepackt mit Betamcam-Kassetten: alles Mitschnitte von Sendungen auf »The Hornists of Plentitude«, was angeblich ein internationaler Fernsehkanal ist. Mit hübscher Vignette übrigens –

die Weltkugel zwischen zwei Hörner geklemmt. Auf allen Kassetten ungefähr das gleiche: Verschiedene Personen bewerben sich vor laufender Kamera um die Rolle des Theseus. Der Kandidat ist meistenteils in mittleren Jahren, mit sympathischem Gesicht und guter Aussprache. Er sitzt jeweils unter irgendeinem Emblem, vor sich ein Dutzend Mikrofone. Verspricht den Minotaurus zu erledigen und die Menschen aus dem Labyrinth herauszuführen. Zuvor legt er natürlich seine Ansichten dar, was ein Labyrinth ist und wer der Minotaurus.

Monstradamus

Und welche Versionen kommen zur Sprache?

Nutscracker

Jede Menge ...

Monstradamus

Gib ein Beispiel.

Nutscracker

Na, zum Beispiel der ganz zuletzt: ein großer grauhaariger Mann, Professor für Geschichte, sehr vornehm aussehend, geschmackvoll gekleidet. Auch das Emblem hatte etwas – beinahe wie ein Ritterwappen: Stierschädel im Kescher vor gekästeltem Hintergrund. Er sprach davon, daß das Labyrinth ein Symbol für das menschliche Gehirn sei. Ein offenliegendes Gehirn und ein klassisches Labyrinth ähneln sich sogar rein äußerlich. Der Minotaurus sei der tierische Teil des Verstandes, Theseus der menschliche. Der tierische Teil sei natürlich der stärkere, und dennoch trage der menschliche am Ende den Sieg davon, darin liege der Sinn der Evolution und der Geschichte. In der Mitte eines Labyrinths befindet sich ein Kreuz, das den Schnittpunkt von menschlichem und tierischem Prinzip symbolisiere. Genau da liege auch das initiatische Nadelöhr, wo Theseus seinem Feind begegne und ihn niederringe. Den Minotaurus können wir nur in uns selbst besiegen, sagte er. Dem Scheusal erbarmungslos an die Gurgel gehen. Erst dann seien wir moralisch berechtigt, den Schreckenshelm in einen Helm der Zivilisation und des Fortschritts umzutaufen.

Monstradamus

Und sein Programm, wie sah das aus?

Nutscracker

Zweimal rechts gehen und einmal links, dann wieder zweimal rechts und einmal links und immer so weiter, bis zum Ende.

Monstradamus

Könntest du noch einen anderen referieren?

Nutscracker

Der davor war Franzose, eindeutig der Klügste von allen, und sah noch dazu eindrucksvoll aus: verschlissenes Mao-Jackett, Tabakspfeife, verwuschelter Haarschopf. Sein Emblem war ein rot-weißes Schachbrett, mit Schmetterlingen auf den weißen Feldern und Buchstaben aus verschiedenen Alphabeten auf den roten. Zuerst blickte er eine ganze Weile stumm in die Kamera und raufte sich das Haar, bevor er schließlich verkündete, er müsse wohl oder übel mit einem Allgemeinplatz beginnen. Ein grundlegendes Verdienst der modernen französischen Philosophie bestehe darin, daß es ihr erstmals gelungen sei, liberale Werte und revolutionäre Romantik in den Grenzen eines sexuell erregten Einzelbewußtseins widerspruchsfrei zu vereinen. Darauf starrte er wieder mindestens eine Minute wortlos in die Kamera, hob den Finger und erklärte im Flüsterton: Dieses Postulat, wie transparent und schlüssig es auch erscheine, sei für sich genommen bereits ein Labyrinth, wie es sich unweigerlich aus jedem Gespräch mit sich selbst oder anderen ergebe, in dessen Verlauf ein jeder von uns mal Minotaurus sei und mal sein Opfer. Da könne man nichts machen. Aber dieses Nichts, fuhr er fort, das könne man machen – etwa indem man neue Begriffe einführt, umfassendere im Vergleich zum Labyrinth. So könne man zum Beispiel vom Diskurs sprechen.

Monstradamus

Madonna! Wenn ich das Wort Diskurs höre, entsichere ich mein Simulakrum.

Nutscracker

Der Diskurs, so der Wuschelphilosoph weiter, sei der Ort, an dem Worte und Begriffe in die Welt kommen: Labyrinthe, Minotaurus, Theseus, Ariadne et cetera. Auch der Diskurs selbst entspringe dem Diskurs. Das Paradoxe daran sei, daß zwar alle Natur aus ihm hervorgehe, er selbst in der Natur aber nicht zu finden sei und erst seit kurzem synthetisch erzeugt werde. Eine andere tragische Dissonanz liege darin, daß der Diskurs, obzwar der Ursprung von allem und jedem, ohne staatliche oder private Förderung keine drei

Tage anhalte, dann versiege er unwiderruflich. Weshalb es für eine Gesellschaft keine vordringlichere Aufgabe geben könne, als den Diskurs zu subventionieren.

Monstradamus

Über den Diskurs wissen wir jetzt Bescheid, aber was hatte er zum Labyrinth zu sagen?

Nutscracker

Zum Labyrinth sprach er viel und schnell, ich habe nicht alles mitbekommen. Der springende Punkt war, daß ein Labyrinth immer dann entsteht, wenn zwischen mehreren Optionen zu entscheiden ist. Es bedient sich aus dem Katalog unserer Präferenzen, ihrerseits bedingt durch die Natur der Sprache, die Beschaffenheit des Moments und die Eigenheiten des Sponsors. Dem Weiteren konnte ich nicht mehr folgen, ich weiß nur noch, daß er irgendwann laut und schief die Internationale anstimmte, aber nach kurzer Zeit umschwenkte auf »Happy birthday to you«.

Monstradamus

So etwas nennt sich Diskursvielfalt, das weiß ich noch aus dem Studium. Und was meinte er zum Minotaurus?

Nutscracker

Der Minotaurus, das bist du.

Monstradamus

Ich??

Nutscracker

Man konnte eben förmlich spüren, wie du zusammengezuckt bist ... Keine Angst, nicht du persönlich warst gemeint. Monsieur blickte dem imaginierten Zuschauer tief in die Augen, schwenkte die Arme, wie ein Adler die Flügel schwingt, und brüllte: »Minotaure! Minotaure, c'est toi!! Tu es Minotaure!!!« Dann beruhigte er sich wieder. Man müsse einfach begreifen, sagte er noch, daß der Minotaurus nur eine Projektion des eigenen Verstandes sei, folglich kein anderer als man selbst.

Monstradamus

Und hat er gesagt, was zu tun ist?

Nutscracker

Den Diskurs fortsetzen, solange man einen Sponsor hat. Was dachtest du?

Monstradamus

Und im Labyrinth – wie soll man gehen?

Nutscracker

Immer dem Sponsor hinterher.

Monstradamus

Interessant.

Nutscracker

Ehrlich gesagt, weiß ich immer noch nicht, was ein Diskurs ist, obwohl der Franzose die ganze Zeit von nichts anderem redete.

Monstradamus

Das ist der Klebstoff, der den Schreckenshelm am Kopf hält. Der klebt so gut, man bekommt den Helm nie wieder herunter.

Nutscracker

Jag mir keinen Schrecken ein.

Monstradamus
Du tust seit einer geschlagenen Stunde nichts anderes ... Gab es keine weiblichen Kandidatinnen?
Nutscracker
Doch, doch. Da war so ein sympathisches Kälbchen, sah aus wie eine Psychiaterin. Das Emblem war entsprechend: Stier an der Kette auf einer Couch. Ich krieg es nicht mehr zusammen, was sie alles erzählt hat, es lief darauf hinaus, daß man den Minotaurus nur auf eine Art besiegen kann: Man muß aufhören, sich als Opfer zu sehen, dann löst er sich in Luft auf. Jeder hat seinen Minotaurus – aber nicht er ist hinter uns her, sondern wir hinter ihm. Das Labyrinth, in dem wir ihn suchen – das sind nur die Dopaminketten der Lust, die sich im menschlichen Hirn kurzschließen, und auch hier hat jeder seine ganz besonderen und einmaligen Varianten, fast eine Art Fingerabdruck. Die Frage nach der richtigen Richtung im Labyrinth sei einfach zu beantworten, sagt sie. Nehmen wir an, du stehst an einer Weggabelung, von der zehn gleich aussehende Gänge abgehen. Bei der Entscheidung, welchen davon man gehen soll, darf man sich weder von Ängsten noch vom Aberglauben leiten lassen, sondern einzig und allein vom gesunden Menschenverstand.
Monstradamus
Aha. Und für welchen hast du dich entschieden?
Nutscracker
Du meinst, für welchen Gang?

Monstradamus
Für welchen Kandidaten.
Nutscracker
Ich weiß doch nicht mal, um welche Wahl es eigentlich ging. Für welches Gremium, welche Amtszeit. Und wie er kommen und mich aus dem Labyrinth führen will, wenn der Raum weder Türen noch Fenster hat.
Monstradamus
Das macht er übers Fernsehen, ist doch klar. Du mußt es dann bloß noch verinnerlichen. Hast du dir noch mehr gemerkt?
Nutscracker
Ich hab mir das meiste nur im Schnelldurchlauf angesehen, fünf Minuten von jedem, um zu wissen, worum es geht. Solange sie reden, denkst du immer: Aha, das wußte ich nicht, ist ja interessant. Aber in dem Moment, wo du den Vorlauf drückst, hast du es schon wieder vergessen. Irgendein Amerikaner war da noch, der behauptete, das wahre Labyrinth sei das Internet. Darin hause ein Wesen, das sich ins Bewußtsein bohre: der Minotaurus. Kein Stiermensch, sondern ein Spinnenmensch. Wo ein World Wide Web sei, da könne eine Soul Sucking Spider nicht weit sein. Er hatte auch eine Erklärung dafür, warum der Minotaurus zwei Namen hat. Minotaurus sei nur die politisch korrekte Variante für Asterisk. Man müsse also jedesmal, wenn man Asterisk meine, Minotaurus sagen. Asterisk wiederum sei die politisch korrekte Variante für Minotaurus, und immer, wenn man Minotaurus meine, müsse man Asterisk sagen. So könne man im

Prinzip beide Namen verwenden, nur nicht, wenn man sie meint, sondern immer, wenn nicht. Dann gab es noch einen interessanten Deutschen, der sprach davon, daß der Minotaurus ein Zeitgeist sei, der sich in Form von BSE breitmache. Von daher auch seine symbolische Repräsentation in Form eines Menschen mit Stierkopf. Im künstlerischen Bereich habe man es analog mit dem Postmodernismus zu tun, einer vom Rinderwahnsinn befallenen Kultur, die sich zum Verzehr der eigenen pulverisierten Knochen genötigt gesehen und solcherweise infiziert habe. Eine Analogie aus der Politik sei das, was man sieht und fühlt, wenn man den Fernseher anmacht ... Dann war da noch ein Italiener ganz in Schwarz, der verkündete, der Minotaurus – Mondotauro sagte er dazu – sei ein Geschöpf, dessen physischer Leib aus Dollarmasse bestehe. Es sei dumm zu glauben, alles regele sich über das Geld – wieso über? Das Geld selbst habe es in der Hand! Der Mondotauro sei ein Dämon, der die Welt beherrsche und alle Menschen zwinge, durch das stinkende Labyrinth seines Dickdarms zu irren. Dann war noch etwas mit den zwei Hörnern ... Das habe ich vergessen.

Monstradamus

Macht nichts. Ich kann es mir vorstellen.

Nutscracker

Als nächster trat ein geistlicher Würdenträger auf, der mit gütigem Blick erklärte, der Schöpfer des Labyrinths werde unser Erlöser sein, denn er habe uns lieb. So wie wir die kleinen Kinder, sagte er.

Monstradamus
Gab es irgendwelche konkreten Vorschläge?
Nutscracker
Es lief immer darauf hinaus, daß man soundsovielmal rechtsherum und soundsovielmal linksherum gehen müsse, und in welcher Reihenfolge. Dazu hatte jeder sein eigenes Modell.
Monstradamus
Womöglich ist das ja auch das Entscheidende. Anstatt ewig darüber nachzudenken, wo der Ausgang sein könnte, sollte man begreifen, daß das Leben eine einzige Kreuzung ist. An der stehst du jetzt und hier und mußt entscheiden. Dann nämlich ist das Labyrinth ganz schnell verschwunden – es existiert als Ganzes nur in unserem Kopf, und in Wirklichkeit gibt es nur die eine Entscheidung zu fällen: wohin als nächstes?
Nutscracker
Genau. Und der Minotaurus kann uns schon deshalb nichts tun, weil wir als die, die wir heute sind, morgen, wenn er uns eingeholt hat, gar nicht mehr existieren. Das hat einer von den Kandidaten auch gesagt.
Organizm(-:
Und jetzt sag du, was du vor der Tür hast, Monstradamus. Wird Zeit, daß du auspackst, du bist der letzte.
Monstradamus
Du wirst enttäuscht sein, Organismus.
Nutscracker
Das werden wir sehen. Was ist es?

Monstradamus
Ein toter Gang.
Nutscracker
??
Monstradamus
Ein blinder Korridor von ein paar Metern Länge, der auf eine Betonwand stößt. An ihr prangt ein Graffito der finsteren Art – zumindest will es mir so scheinen. Ein riesengroßer Stempelabdruck mit lila Leuchtfarbe, man könnte denken: wie das Siegel auf einem amtlichen Höllenpapier. In der Mitte ist eine römische Sieben. Spiralig von ihr ausgehend ein langes Schriftband wie die, mit denen Straßengangs ihr Revier markieren. Zickzacklinien, Schnörkel, Haken – nicht ein verständliches Wort. Aber es stimuliert die Phantasie.
Nutscracker
Dieser Gang führt wirklich nirgendwohin?
Monstradamus
Tut mir leid.
Nutscracker
Und das war schon alles?
Monstradamus
Nicht ganz. An der Wand, direkt unter dem Siegel, steht ein Tisch. Davor ein Schemel. Auf dem Tisch liegt ein weißes Blatt Papier, dazu ein Bleistift und eine Pistole mit einer einzigen Patrone.
Nutscracker
Und wo ist das Labyrinth?
Monstradamus
Das fängt dahinter an, vermute ich.

Organizm(-:
An Schlichtheit und Eleganz kaum zu übertreffen, das muß man ihnen lassen.
Monstradamus
Sei nicht schon wieder neidisch. Du hast ja auch einen toten Gang, bloß ein bißchen länger und mit Sperrholz darin. Und Nußknacker hat statt dessen einen Fernseher. Alles tote Gänge. Man merkt es nur nicht gleich, sondern erst ein bißchen später.
Nutscracker
Vielleicht kommt es ja gerade darauf an: ob gleich oder später. Hieltest du nicht für möglich, daß die Spanne zwischen gleich und bißchen später das Leben sein könnte?
Monstradamus
Kann sein. Aber diese Verlegenheitslabyrinthe, in denen man sich weder ordentlich verirren noch wirklich nach draußen finden kann, die gehen mir langsam auf den Geist. Genauso diese ganzen Minotauren mit ihren xxx Hörnern, die so tun, als könnten sie uns zu den Sternen tragen. Ich frage mich, was Theseus statt dessen im Blick hat. Das wüßte ich gar zu gerne.
Nutscracker
Was gehts dich an, was der im Blick hat?
Monstradamus
Ob du hier herausfindest, mein lieber Nußknacker, hängt auch weiterhin davon ab, ob deine Augen einen Ausgang erblicken.
Nutscracker
Und ich bleibe dabei: Für einen Helmut trifft das

nicht unbedingt zu. Ein Helmut kann alles mögliche sehen. Getrost auch den Bauplan seines eigenen Helmes. Das hilft ihm nicht viel.

Monstradamus

Das ist es ja, was ich mich frage: ob er einen Kopf auf den Schultern hat oder einen Schreckenshelm. He, Theseus, zeig dich! Ich weiß doch, daß du mich hörst!

Nutscracker

Soll ich dir was verraten, Monstradamus? Eine Zeitlang dachte ich, du wärest Theseus.

Organizm(-:

Wohingegen ich der Meinung war, Monstradamus wäre der Minotaurus.

Monstradamus

Je nachdem, in welchem Sektor des Labyrinthscheiders die Hoffnungsblasen platzen. Das hatten wir schon.

Sartrik

Und daß ich Theseus sein könnte, hat keiner von euch für möglich gehalten?

Nutscracker

Hallo, Sartrik. Wenn ich ehrlich sein soll: keine Sekunde.

Organizm(-:

Das wäre nun auch wirklich zum Lachen.

Sartrik

Paß mal auf, wer zuletzt lacht, mein Freund. Und überhaupt, an deinem UserPic kann man sehen, was für ne beschissene Schwuchtel du bist. Oben keep smiling, unten ein ausgeleiertes Loch, hihi!

Organizm)-:
O.k., ich zieh mich zurück. Mit dem könnt ihr alleine reden.
Sartrik
Monstradamus hat grad gesagt, oder nicht, daß alles davon abhängt, was einer mit eignen Augen sieht. Ich versteh das so, daß wenn einer das Allesentscheidende sieht, dann ist er der Theseus. Korrekt?
Monstradamus
Na ja. Kommt drauf an. Dazu müßte man wissen, was das ist, das Allesentscheidende.
Sartrik
Kann ich dir sagen. Ist dir schon mal aufgefallen, daß wir nie gleichzeitig vorkommen, immer nur nacheinander?
Monstradamus
Interessante Beobachtung. Du meinst unsere Beiträge auf dem Bildschirm?
Sartrik
Ich meine überhaupt. Wenn dus nicht schnallst, frag ich andersrum. Sehn wir den Schreckenshelm mal technisch. Womit wird er angetrieben? Wenn nicht mit Benzin, womit dann?
Nutscracker
Der hat sie nicht mehr alle, Monster. Der sieht schon weiße Mäuse. Der muß an den Tropf.
Monstradamus
Gemach, Nußknacker. Wenn nicht mit Benzin, womit dann? Gute Frage.

Nutscracker

Wodka vielleicht?

Sartrik

Wieso Wodka? Du denkst, ich bin ein besoffnes xxx und versteh deswegen Bahnhof? Statt Benzin hat er den Theseus, so siehts aus.

Monstradamus

Das mußt du uns näher erklären.

Sartrik

Wißt ihr noch, Ariadne hat in den Spiegel geguckt und den Schlapphut mit Schleier gesehen, und dann war da auf einmal der Gedanke: Oha, das ist der Schreckenshelm. Hier war sie demnach selber sozusagen das Benzin vom ganzen, nicht? Ein Blick, und die xxx läuft. Anders nicht. Anders gibts keinen Hut und keinen Schleier, keine Maiglöckchen und kein gar nix. Ist doch klar, oder? Theseus ist der, wo in den Spiegel guckt. Und Minotaurus ist das, was er sieht, weil er den Schreckenshelm aufhat. Der Knick in der Optik.

Monstradamus

Willst du damit sagen, daß der Minotaurus nur eine Illusion ist?

Sartrik

Hör zu, was ich sag, dann weißt du, was ich sagen will. Er sieht den Bronzebullen mitsamt den Hörnern nur, weil er unbedingt mit nem Küchensieb vor der Visage in den Spiegel gucken muß. Ohne Theseus kein Minotaurus, so siehts aus, xxx.

Nutscracker

Begreifst du, was er meint, Monster?

Monstradamus
Natürlich. Setzt du eine Batmanmaske auf und guckst in den Spiegel, siehst du Batman. Aber eine Maske kann sich niemals selber sehen.
Sartrik
Da schau, jetzt hat ers! Der Schreckenshelm ist das Spiegelbild, das Theseus von sich sieht, und weiter nix. Erst wenn er beschließt, den Minotaurus gibts wirklich, und fängt an, ihn in den Dreck zu ziehen oder in philosophische Diskussionen, erst dann fängt der Minotaurus an zu existieren. Und dann aber richtig. Dann kriegst du den Helm nicht mehr runter vom Schädel. Kapiert, ihr Schleimer? Ich hab den Durchblick.
Nutscracker
Bei dem springen die kleinen grünen Minotauren nur so durchs Zimmer, wetten? Ein strapaziöses Labyrinth, kann ich mir vorstellen. Und dazu muß er gar nicht vor die Tür.
Monstradamus
Wieso sind wir Schleimer, Sartrik?
Sartrik
Weil ihr die Schräubchen seid im System. Das hab ich schon lange geschnallt, ha! Da bist du platt, xxx, wenn du begreifst, daß alle, Freund und Feind, nix als Schräubchen sind, ich kann euch sagen! Also, damit seid jetzt nicht ihr gemeint. Ich meine, ihr seid ja nicht meine Freunde. Auch nicht meine Feinde. Schräubchen, das seid ihr. Zubehör! Du, Monstradamus, und du, Nußknacker, ihr seid die Hörner. Eines Tages brecht ihr euch einen ab, paßt auf! Ariadne ist das

Labyrinth, trotzdem sie ein nettes Mädel ist. Ugli ist die Vergangenheit, von der wird mir übel. Und Organismus ist die Zukunft, von dem wird mir erst recht übel. Wen haben wir noch? Romeo mit seiner Isolde. Die sind das xxx hoch zwei, das die ganze xxx hier zum Dampfen bringt.

Nutscracker

Ah ja. Und du bist Theseus?

Sartrik

Stell dir vor. Deshalb ziehe ich es vor, nicht mit euch zu sprechen.

Nutscracker

Und wie willst du das beweisen?

Sartrik

Ganz einfach! Ihr seid doch alle bloß Schatten, nur ich bin hier die arme Sau aus Fleisch und Blut. Ihr seid die Krampen, die mir um die Hirnwindungen getackert sind. Euer ganzes Rolls-Royce-Lolita-Ferrari-Berlusconi-xxx, der ganze geschorene und gepuderte Glamour, die Gähm-Shows, wo ihr euch tagtäglich für ein paar Tausender in den xxx xxx laßt – das habt ihr alles aus meinem armen Kopf gemacht! xxx auf mich runter und seid selber die Größten! In meinem Kopf!! Aber wartet nur, bald schmeiß ich euch raus, paßt mal auf. Der Tag kommt. Zack! Und ihr seid draußen. Zack und zack! Dann blas ich euch den Marsch in xxx moll für Dödelsack und Treteier!

Nutscracker

Monster ... Da ist wieder mal Latein dabei, ob du uns das bitte übersetzen könntest?

Monstradamus

Ich denke schon. Nicht hundertprozentig, versteht sich. Dem ganzen liegt ein tiefer Gedanke zugrunde. Sartrik will sagen, der Schreckenshelm sei ein Ausgedachtes, das den menschlichen Geist auszubooten versucht, indem es real zu sein vorgibt und behauptet, der Geist sei das Ausgedachte oder jedenfalls nur ein Schatten von ihm selbst.

Nutscracker

Vorgibt und behauptet? Vor wem denn?

Monstradamus

Mehr so im Selbstgespräch. Dem Geist geht das am xxx vorbei, wie Sartrik sagen würde. Aber er stellt den Raum zur Verfügung.

Nutscracker

Hm. Da durchzusteigen, brauchte ich schon irgendein geistiges Getränk.

Sartrik

Hör mal, Monstradamus, du bist ja gut! Das hast du astrein formuliert! So weit war ich noch gar nicht. Bärenstark! Wenn man den Gedanken zu Ende denkt, dann müßte man diese englischen Astrophysiker und die ganze akademische Bagage einbuchten, einbuchten müßte man die!

Monstradamus

Wieso? Laß sie doch tanzen.

Sartrik

Hach, stark ... Echt, Monstradamus, ich glaub fast, du bist hier der Theseus, ohne xxx.

Nutscracker
Du aber auch, Alter! Theseus-hundert-Pro-aber-so-was-von! Den Ausgang hast du nicht zufällig gefunden, sag mal?
Sartrik
Den Ausgang? Klar doch. Aber vor dem kriechen Schlangen rum jetzt, Unmengen Schlangen. Wenn die sich xxx haben, hau ich ab von hier. Kannst du wissen.

:- (())

Monstradamus
Ariadne! Ausgeschlafen?
Ariadne
Guten Morgen.
Monstradamus
Bist du dem Zwerg begegnet?
Ariadne
Ja.
Monstradamus
Erzähle.
Ariadne
Ich war im Gebäude, das an dem Platz mit dem Brunnen liegt. Ihr erinnert euch, ich hatte es beschrieben. Das so finster aussieht, als hätte es dort vorzeiten gebrannt, und dann hätten sie es ein paarmal vergeblich zu sanieren versucht. Im Inneren sah es nicht anders aus. Wie ein getarntes Feuerloch. Ich könnte nicht einmal sagen, was den Eindruck hervorrief: Alles wirkte neu, schick und teuer, wie in diesen alten Glaspalästen, aus denen sie neuerdings Bürohäuser machen. Die Luft kühl und sauber, keinerlei Brandgeruch. Und trotzdem scheint es dir so, als müßte man nur die Eichenpaneele von der Wand schrauben, damit das rußige Mauerwerk zum Vorschein kommt.

Monstradamus

Woher wußtest du überhaupt, daß es dieses Gebäude ist?

Ariadne

Ich bin ans Fenster getreten und habe hinausgesehen. Unten war der Brunnen mit den Kraken, an dem ich Asterisk das erste Mal sah. Gleich dahinter fing die breite Straße mit den Palmenkübeln an. Sie reichte bis an den Stadtrand und endete in einem gewaltigen Triumphbogen, der ganz mit gelbem Laub bedeckt war. Vor dem Bogen stand ein Bronzekopf, ich würde sagen, von der Größe eines Lastwagens. Eine Sprossenleiter war ihm ans Ohr gestellt. Auf der Stirn trug die Büste einen goldenen Stern, darüber stand: »Grabmal des Unbekannten Helmut«.

Nutscracker

Wie hast du das alles von dem Fenster aus sehen können?

Ariadne

Ich mußte nur hinschauen.

Nutscracker

Und du konntest die Schrift aus dieser Entfernung entziffern?

Ariadne

Als ob Entfernungen im Traum eine Rolle spielten! Du träumst Bilder, keine Entfernungen. Ich habe jedenfalls diese Inschrift geträumt, ohne Entfernungsangabe.

Monstradamus

Schon gut. Was hast du noch gesehen?

Ariadne

Je weiter ab die Häuser von der Hauptstraße lagen, desto vereinzelter standen sie. Um die Stadt herum zog sich eine kreisförmige Mauer, dahinter begann die Wüste, in verschiedenen Beigetönen. Noch dahinter zeichneten sich dunkelblaue Berge ab, falls es nicht bloß die Wolken am Abendhorizont waren. Aber hier mußte ich die Besichtigung erst einmal abbrechen, denn einer der Zwerge erschien auf dem Flur. Sein Aufzug war diesmal recht kriegerisch: Um den Kittel war ein Gürtel geschnallt, an dem ein kleiner Säbel baumelte. Er schien es eilig zu haben, blieb nicht stehen, bedeutete mir mit einer Geste zu folgen. Wir liefen die Treppe hinauf. Ich stellte irgendeine Frage, er hieß mich schweigen. Sein Herr schwebe in Gefahr, sagte er, man trachte ihm nach dem Leben. Daher seien Fragen und Antworten von nun an strengstens zu dokumentieren. Ich fragte, wer denn seinem Herrn nach dem Leben trachte, er aber murmelte nur, die Antwort auf diese Frage müsse gleichfalls dokumentiert werden. Wir betraten einen großen Raum mit Aktenregalen über die ganze Länge einer Wand. Anscheinend irgendein Archiv. In der Mitte stand ein runder Tisch, gewissermaßen zweistöckig. Einen halben Meter über der großen befand sich noch eine kleinere Tischplatte, die drehbar war. Solche Tische gab es früher an kalten Büfetts, damit jeder ohne Mühe an die ihm zusagende Speise herankam. An diesen Tisch setzte sich der Zwerg und deutete auf den Stuhl gegenüber. Ich nahm Platz. Vor mir stand ein Tintenfaß mit echter Gänsefeder, eine Mappe mit Papier lag daneben. Der Zwerg hatte das gleiche vor sich. Ich sollte nun meine Frage aufschreiben und das Blatt anschließend auf die obere Tischplatte legen. »Wer will den Minotaurus töten?« schrieb ich als erstes. Mit der Feder ging das, nebenbei gesagt, mühelos und sehr exakt. Währenddessen hatte der Zwerg seiner Mappe ebenfalls ein Blatt entnommen und schrieb. Wir legten unsere Blätter auf die Drehscheibe, der Zwerg ließ sie um hundertachtzig Grad rotieren, bis meine Frage vor ihm lag und vor mir seine Antwort. Sie war kurz und knapp: »Das weißt du selbst.« Er hatte also nicht erst meine Frage lesen müssen, um die Antwort darauf zu wissen. Immerhin trug sein Blatt ein Wappen.

Nutscracker

Was für ein Wappen?

Ariadne

Ein kleiner von Lorbeerzweigen eingerahmter Stern – etwas erhaben sogar, wenn man mit dem Finger darüber fuhr. Geprägt anscheinend, es sah sehr solide aus. »Per aspera ad asterisk«, stand unter dem Wappen. Außerdem hatte das Papier ein Wasserzeichen. Und in der rechten oberen Ecke eine dreistellige Nummer – die Formulare waren numeriert. Was ich fragen wollte, Monstradamus, was heißt dieser lateinische Satz?

Monstradamus

Es gibt den Spruch »per aspera ad astra«: auf rauhen Pfaden zu den Sternen. Die Abwandlung wäre dementsprechend …

Organizm(-:
Durch xxx zum xxx.
Monstradamus
Das würde ich eine poetische Übersetzung nennen. Ariadne, wie ging es weiter?
Ariadne
Ich schrieb meine nächste Frage, er seine nächste Antwort. Das beste wird sein, ich tippe euch das alles gleich mal ab.
Monstradamus
Was heißt abtippen? Sag bloß, du hast die Papiere bei dir?
Ariadne
Ja.
Monstradamus
Wie kommst du dazu?
Ariadne
Das weiß ich nicht. Als ich erwachte, lagen sie neben dem Bett. Wird wohl der Zimmerservice gebracht haben.
Monstradamus
Und du hast nichts gemerkt?
Nutscracker
Monster, manchmal kommst du mir vor wie einer, der merkt, daß er in einen Stier verwandelt worden ist – aber was ihn am meisten wundert, ist die Glocke, die an seinem Hals bimmelt.
Monstradamus
In einen Stier, soso. Soll das eine Anspielung sein?

Ariadne

Ich gebe euch erst mal die Antworten durch, und ihr klärt das hinterher, ja? Ich habe nämlich Hunger.

Monstradamus

Natürlich, Ariadne.

Ariadne

Die erste Frage hatten wir. Also weiter.

Frage: Wie kann aus dem Nichts alles übrige entstehen?

Antwort: Siehe oben.

Nächste Frage: Wie kann der Schreckenshelm in einem seiner Teile Platz finden?

Antwort: Der Schreckenshelm spaltet das eine, was ist, in das viele, was nicht ist. Da aber der Schreckenshelm selbst nicht dasjenige ist, was ist, gehört auch er zu dem vielen, was nicht ist. Was aber nicht ist, kann beliebige mehr oder weniger vorstellbare Konstellationen bilden, zumal diese ohnehin nirgendwo anders als im Schreckenshelm existieren, der ja in Wirklichkeit nicht ist.

Frage: Soll das bedeuten, daß in einem Helm ein zweiter, in diesem ein dritter steckt und immer so weiter?

Antwort: Person A kann Teil des Schreckenshelms sein, den Person B trägt, gleichzeitig kann Person B Teil des Schreckenshelms sein, den Person A trägt. Das hat nach beiden Seiten definitiv kein Ende. Und als Mensch sind oft beide o.k.

Frage: Dürften wir um nähere Auskünfte zum Nakkenzopf bitten?

Antwort: Je dicker und länger, desto hübscher das Mädchen.

Nutscracker

Klingt alles sehr logisch.

Ariadne

Frage: Wie funktioniert der Labyrinthscheider?

An der Stelle geschah folgendes. Der Zwerg hatte seine Antwort schneller hingeschrieben als ich meine Frage. Er wartete ab, bis ich fertig war, warf seinen Bogen auf die Drehscheibe und setzte sie in Bewegung. Auf halbem Weg jedoch hielt er sie plötzlich wieder an und fragte teilnahmsvoll: »Gefällt es dir eigentlich hier bei uns? Sei ehrlich.« Darauf ich: »Nicht so sehr. Und wenn ich ehrlich sein soll: überhaupt nicht.« Daraufhin ließ er die Scheibe weiterlaufen, und ich erhielt den Antwortbogen, auf dem stand: »Zum Beispiel wie eben.«

Organizm(-:

Alles klar. The Good, The Bad, The UGLI. Hast du ihn gefragt, warum der Schreckenshelm Schreckenshelm heißt? Darum hatte ich dich gebeten, erinnerst du dich?

Ariadne

Natürlich. Das war die letzte Frage, die ich ihm stellte.

Organizm(-:

Und?

Ariadne

Der Zwerg bat um Entschuldigung: Ihm seien gerade die Bögen ausgegangen. Er versprach, die Antwort demnächst nachzureichen.

Nutscracker
Und was geschah dann?
Ariadne
Ein sehr tiefer, grauenerregender Ton erklang, irgendein Horn oder eine Posaune. Vielleicht auch das Brüllen eines Stiers. Vor Schreck ließ der Zwerg sein Tintenfaß fallen, es zerbrach, unter dem Tisch bildete sich eine große blaue Pfütze. Sein Herr rufe ihn um Hilfe, sagte der Zwerg und eilte davon. Zuletzt rief er noch: Es stehe womöglich ein Blutvergießen bevor, doch man werde sich dafür rächen.
Nutscracker
Ein Blutvergießen?
Ariadne
So sagte er.
Romeo-y-Cohiba
Seid ihr fertig? Können hier vielleicht auch andere mal ran?
Nutscracker
Dich hält keiner ab, Romeo.
Romeo-y-Cohiba
Isolde, bist du da?
IsoldA
Hier bin ich. Gut nach Hause gekommen, du Schwein?
Romeo-y-Cohiba
Was heißt hier Schwein?
IsoldA
Wie möchtest du genannt werden nach alledem?
Romeo-y-Cohiba
Wovon sprichst du?

IsoldA
So wie du dich gestern benommen hast ...
Romeo-y-Cohiba
Ich? Ich?? Wie soll ich mich denn benommen haben?
IsoldA
Nun markiere nicht den Idioten.
Romeo-y-Cohiba
Vielleicht sollten wir das besser unter uns besprechen?
IsoldA
Ach, vor denen geniert es dich, nur vor mir nicht. Und du fragst mich noch, wie du dich benommen hast? Gut, ich will es dir sagen. Wie ein rohes Tier, genau so. Ein garstiges, perverses Tier, das meint, es kann tun, was es will, weil ihm keiner was kann.
Romeo-y-Cohiba
Ach. Ich höre wohl nicht recht. Dann will ich dir auch mal was sagen. Nach deiner widerwärtigen Eskapade von gestern fühle ich mich entehrt und besudelt. Mir ist, als hätte man mir irgendeine Scheußlichkeit in die Seele gespritzt, ich fühle mich wie vor den Kopf geschlagen, alle Lebensfreude ist dahin.
IsoldA
Eine Scheußlichkeit gespritzt – du sagst es. Mir würden sich die Finger sträuben, wenn ich versuchte, so etwas in die Tasten zu hauen, aber genau das ist es, was ich fühle. Nie hätte ich gedacht, daß aus so einem kleinen Loch ...
Romeo-y-Cohiba
Genug davon. Ich möchte nicht, daß diese gräßliche Tirade das letzte ist, was du von mir hörst bezie-

hungsweise liest. Hör auch du gefälligst auf damit. Ist dir eigentlich aufgefallen, daß ich viel zu spät kam gestern? Weißt du, warum? Zuerst konnte ich den Weg nicht finden, jemand hatte alle Markierungen verdreht, die ich an den Gabelungen hinterlassen hatte. Ich bin in die Irre gegangen und an einen Ort geraten, wo ich nie zuvor war. Eine Sackgasse, an deren Ende eine altertümliche rote Telefonzelle mit britischem Wappen stand, wie es sie früher in London gab. Ich bin hineingegangen. Es gab dort sogar ein Schild mit der Adresse: Hampton Court Maze, Blind Alley #4, East. Und darunter stand mit Bleistift eine Telefonnummer gekritzelt, dazu dein Name: Isolde. Ich hab versucht anzurufen, immer wieder. Die Nummer war ständig besetzt, am Ende mußte ich mir sagen, daß dies überhaupt keine gültige Nummer war. Aber bis dahin hatte ich jedesmal, wenn ich sie wählte, kurz das Gefühl: jetzt! jetzt! Gleich höre ich deine Stimme. Losolda. Legalita. Und diese Hoffnung, dieses Aussetzen des Herzschlags, wie beim Anlauf des Skispringers auf dem Schanzentisch, kurz vorm Sprung in den dichten Nebel hinein, und was man nicht alles durchmacht, während die Wählscheibe sich leise surrend zurückdreht, die letzte Ziffer deiner falschen Nummer – es war das pure Glück! Eine Acht: die aufgerichtete Unendlichkeit, zwei zarte runde Münder übereinander ... Dazu die verschwommene Linie der Hecken durch das staubige Fenster der Zelle ...

IsoldA

Ich fange gleich an zu heulen, so rührt mich das. Nur

frage ich mich, wie du es nach diesen erhabenen Anwandlungen fertigbrachtest, so … so … ich weiß nicht, wie ich dazu sagen soll. Jeder abgebrühte Pädophile hätte sich schaudernd abgewandt!

Romeo-y-Cohiba

Wovon sprichst du? Was soll ich getan haben? Die Frevlerin warst ja wohl du! Das einzige, was ich mir vorzuwerfen habe, ist, daß ich mich nicht gewehrt habe. Obwohl mir gleich danach war, nicht erst als es anfing, richtig weh zu tun.

IsoldA

Wie kann einer so dreiste Lügen in die Welt setzen. Aber was soll man von dir noch anderes erwarten …

Monstradamus

Entschuldigt, wenn ich mich in euer Gespräch einmische, ich weiß, daß ihr das überhaupt nicht mögt. Aber vielleicht gelingt es mir, eurem Denken eine neue Richtung zu weisen. Auf dem Schild, das Isolde in ihrem Park gesehen hat, war vom Labyrinth zu Versailles die Rede. Wohingegen das Telefonhäuschen, aus dem Romeo anzurufen versucht hat, in einer Londoner Vorstadt zu finden ist, wenn man dem Firmenschild glauben darf. Versteht ihr, worauf ich hinausmöchte?

Nutscracker

Auf solche Schilder würde ich nicht gar zu viel Wert legen. Mit dem Versailles vor Isoldes Tür ist es genauso weit her wie mit Romeos London. Wir alle befinden uns in Teufels Küche, würde Ugli vielleicht sagen und hätte verdammt recht damit.

Monstradamus
Das bestreite ich nicht. Doch hat auch jede Scheinwelt ihre Gegebenheiten. Gesetzt den Fall, wir steckten tatsächlich in Teufels Küche: Wenn die eine das Wort Versailles liest und der andere das Wort London, darf man annehmen, daß sie nicht auf denselben Herdplatten hocken.
IsoldA
Was soll der Quatsch.
Romeo-y-Cohiba
Unerhört.
Monstradamus
Nein, ernsthaft, Romeo, Isolde, wie kommt ihr darauf, daß eure Grundstücke nebeneinanderliegen?
Romeo-y-Cohiba
Weil alles zueinander paßt.
Nutscracker
Was genau? Die Hecken? Hecken sehen überall auf der Welt gleich aus.
Monstradamus
Und erst recht das Wort »Hecke« auf zwei verschiedenen Bildschirmen.
Romeo-y-Cohiba
Sogar der Kies unter unseren Füßen hatte dieselbe Farbe.
Monstradamus
Beige, wie sieht das eigentlich aus?
Romeo-y-Cohiba
Blöde Frage.

Monstradamus
Bitte, könntest du die Farbe nicht noch anders beschreiben?
Romeo-y-Cohiba
Dunkelbraun.
IsoldA
Wie bitte? Wieso dunkelbraun? Beige ist ein Zwischending zwischen Hellgrau und Gelb!
Nutscracker
Na also. Da haben wirs. Romeo und Isolde trafen sich zum Rendezvous. Wen Romeo traf, war aber Julia. Isolde fiel auf Tristan rein. Und wenn man nun noch annimmt, daß es sich bei Julia und Tristan um ein und dieselbe Person handelt ... Person ist wohl das falsche Wort dafür. Sollte man nicht besser Maske sagen? Oder Helm?
Romeo-y-Cohiba
Hör zu, du xxx Wortverdreher, wenn du nicht gleich das Maul hältst, dann ...
Nutscracker
Eine erschreckende Metapher, das muß man schon sagen. Von Sukkuben, Inkuben und ähnlichem Gelichter hatten wir schon gehört, aber hier in diesen ungemütlichen Sphären zeichnet sich ein Julio Tristana ab, der nicht nur einen der Partner foppt, sondern beide zugleich.
UGLI 666
Beileibe nicht nur hier. Was glaubt ihr, warum Ehebruch so eine schändliche Sünde ist? Weil der, der ihn begeht, vor Lüsternheit blind ist, so kann ihm in

Wahrheit der Teufel beiwohnen und lacht sich einen Ast. So lehrt es nicht umsonst die heilige Kirche.

Organizm(-:

Romeo, du hast es nicht zufällig lachen gehört hinter der Wand?

Nutscracker

Das ist doch sehr erbaulich. Ein Helmut, der nicht mal weiß, wen er xxx. Beziehungsweise wer ihn xxx. Etwas ist an die Wand gemalt, etwas gaukelt ihm durchs Gesichtsfeld, doch der eigentliche Adressat der Leidenschaft bleibt absolut anonym.

Organizm(-:

Ganz durchschaue ich die Geschichte aber noch nicht. Wie bringt dieser Minotaurus es fertig, beide Partner gleichzeitig zu xxx? xxx er sich selbst, oder was?

Nutscracker

Das nicht. Als Isolde treibt ers mit Romeo und als Romeo mit Isolde. Obwohl, was du da sagst, ist als Version noch atemberaubender. Darüber müßte man nachdenken ... Herrschaften, entschuldigt die Indiskretion, aber was ist in dem Pavillon eigentlich genau abgegangen? Meine Phantasie verweigert sich. Alles, was ich mir vorstellen kann, rechtfertigt nicht die Emotionen der Beteiligten. War einst ein Mann in Idaho, steckt sich den Finger in den Po? Last Tango in Paris? Meine Gedanken sind viel zu banal. Ob du uns ein bißchen auf die Sprünge helfen könntest?

Romeo-y-Cohiba

Wobei ich dir helfen könnte, das will ich dir sagen. Wenn du deine Nase noch ein einziges Mal in unsere

Angelegenheiten steckst, komme ich rüber und xxx dir in die xxx, und zwar so, daß dein krankes Hirn seine Gedanken an der flachen Wand zu Ende denken muß, ist das klar?

Nutscracker

Wie du mich finden willst, das wüßte ich doch gern! Ich bin nicht Isolde – zwischen uns ist keine Durchreiche. Und die zwischen euch war ja anscheinend auch nicht ohne …

Romeo-y-Cohiba

Wenn mir sehr daran gelegen ist, dann finde ich einen Weg, darauf kannst du Gift nehmen!

Nutscracker

Aber ich verstehe gar nicht, wieso du dich so aufregst. Was ist denn passiert? Hat dir jemand die Cohiba abgeschnitten? Das war nicht ich, du Knallkopf, das war dein Julistan.

Romeo-y-Cohiba

So, das reicht. Ich komm jetzt rüber, Nußknacker, und mach dich fertig.

Nutscracker

Das läßt mich kalt, du xxx. Ich trage Helm!

Ariadne

Hört endlich auf.

Organizm(-:

Julistan, das klingt wie der Name eines kleinen, aber fiesen Königreichs mitten auf der Achse des Bösen.

Ariadne

Das Wort Julistan habe ich übrigens mit eigenen Augen gelesen.

Monstradamus

Wo?

Ariadne

In dem Archiv. Wo ich dem Zwerg die Fragen gestellt habe.

Monstradamus

Davon hast du noch nichts erzählt.

Ariadne

Der Zwerg war davongerannt, und ich blieb allein in dem Archiv zurück. Eine Weile saß ich noch am Tisch, weil ich dachte, er käme gleich wieder. Doch er kam und kam nicht. Da stand ich auf und ging zu der Wand mit den Regalen, wo die vielen Ordner standen. Dort fand sich alles mögliche. Aussagen unterlegener Feinde des Minotaurus zum Beispiel. Verhöre von Minotauren durch andere Minotauren. Ein ganzes Regal mit Protokollen von Gegenüberstellungen, die Minotauren mit sich selbst gehabt hatten, »Alone Together« hieß das. Der größte Teil der Ordner aber enthielt Antworten auf die sogenannten ewigen Fragen – ähnlich denen, die wir gestellt haben. Alles ziemlich alt, vergilbt und staubig. Wißt ihr, wie Papier riecht, das Leute beschrieben haben, die längst tot sind?

Monstradamus

Ist dir von den Fragen noch etwas in Erinnerung?

Ariadne

Ich habe einen ganzen Stapel Blätter aus verschiedenen Ordnern hier liegen. Beim Aufwachen lagen sie da, dazu die Antworten vom Zwerg. Aber man erfährt wenig Neues daraus. Die ewigen Fragen waren früher auch nicht schlauer – sonst wären sie ja nicht ewig.

Monstradamus

Lies etwas vor.

Ariadne

Frage: Wozu existiert, was existiert?

Antwort: Zum Zeitvertreib.

Frage: Wozu die Anhäufung von Wesen- und Gegebenheiten zum Zeitvertreib, wenn Zeit doch nur im Schreckenshelm existiert?

Antwort: Auch Wesen- und Gegebenheiten häufen sich nur im Schreckenshelm. Kein Grund zur Aufregung für Mesdames et Messieurs.

Was noch? Hier steht etwas zum Labyrinthscheider. Frage: Wer ... Na ja. Antwort: Alle, die noch dort erzeugt werden.

Dann sind hier noch einige Seiten aus einer Zusammenschau verschiedener historischer Chroniken. Analyse der Widersprüche. Ein Text geht davon aus, daß der Minotaurus Baumeister des Labyrinthes sei. Der andere behauptet, achtzehntausend Minotauren in zwei Kolonnen hätten das Labyrinth gebaut. Ein dritter meint, das mit den Kolonnen müsse man im übertragenen Sinn verstehen, das Labyrinth sei von den beiden Denkbeulen resp. Hirnhemisphären hervorgebracht. Die zwei Stierhörner dienten hierfür als Symbol. Und so weiter. Zuunterst gibt es ein paar Seiten zu diesem Julistan. Sie sehen ganz anders aus: viel älter, verblichener. Das meiste ist überhaupt nicht zu entziffern, so alt sind sie. Mit skurriler schöner Handschrift geschrieben. Es sind Übersetzungen von Inschriften aus den Höhlen von Julistan. Die Inschriften selbst sind mit den Höhlen vor langer Zeit untergegangen, existent sind nur noch Kopien von Kopien. Fragmente davon sind übersetzt. Manche kurz und sinnlos, andere etwas länger. Soll ich vorlesen?

Monstradamus

Unbedingt.

Ariadne

»Man kann unbesorgt hernehmen, was man will …«

Monstradamus

Was ist gemeint?

Ariadne

Ganz unbesorgt scheinst du nicht zu sein, was? … Entschuldigt, das war die falsche Seite. Hier haben wir den Anfang: »Asterios ist alles, was wir vor uns und in uns haben. Ist das Vor und das In. Einmal in unseren Geist vorgedrungen, gibt er sich den Anschein dieser Welt und unseres Verstandes mit all seinen Stimmen, die so glaubhaft miteinander streiten. Dies zu verstehen bedeutet, Asterios zu erkennen. Man kann unbesorgt hernehmen, was man will …«

UGLI 666

Müssen wir uns diesen Quatsch noch weiter anhören, statt in Begriffen der Realität zu denken? Was da über ein bevorstehendes Blutvergießen gesagt wurde, behagt mir ganz und gar nicht.

Ariadne

»Asterios' vollständiger Name, der uns Macht über ihn verliehe, ist geheim. Er lautet: Asterios, der da sind Wir. Die Magier vergangener Zeiten haben diesen Zusatz in allen Inschriften immer wieder ausgemerzt, auf daß keiner dahinterkomme, was …«

UGLI 666

Wir verlieren kostbare Zeit.

Ariadne

Hier noch ein anderes Blatt: »Der Mensch gleicht einem Baum. Die Gedanken in seinem Kopf sind wie Vogelgesang in der Krone. Wieviel Vögel müssen singen im Chor, damit entsteht, was wir Ich nennen? Und hat denn ein Baum sein eigen Lied? Auch Asterios ward geschaffen nach diesem Bilde …«

UGLI 666

Kann nicht mal jemand diese Psychopathin zum Schweigen bringen?

Ariadne

»Asterios' größtes Geheimnis ist, daß keiner ihn braucht. Er ist der Wächter, wacht unbestechlich über das, was er selbst geschaffen, bewacht es vor dem, was er selbst geschaffen. Seine Erscheinung und sein Amt mögen eindrucksvoll sein – doch was er schuf, ist so unnütz wie er selbst, ist eitles Gedankenspiel, Falschgold an der verschnörkelten Borte des Nichts. Wenn also in solch reichverziertem Rahmen eine eiserne Notwendigkeit herrisch auf sich verweist, oder es entbrennt ein erbitterter Kampf um den Triumph der wahren Werte, oder sonst ein Schauspiel hebt an, bei dem man Tränen lachen kann, weil all dies in Wahrheit ohne jeglichen Wert ist, von A bis Z erlogen …«

Monstradamus
Was sind das für Geräusche? Hört das noch jemand außer mir?
Ariadne
»Aber lachen darf man sich nur ins Fäustchen, Asterios könnte beleidigt sein. Er weiß nicht, daß es ihn gar nicht gibt, und beschleicht ihn bisweilen doch eine leise Ahnung, so schreckt und verbittert es ihn sehr. Die Mittel und Wege, mit denen er seit Jahrtausenden versucht, real zu erscheinen, sind dumm und gefährlich wie alle Mysterien auf dieser Welt. Er zeigt sich blutüberströmt – doch das Blut ist so wenig existent wie er selbst. Es macht ihn nicht wirklicher – doch wird keiner mehr sein, der davon künden könnte; übrig bleiben nur Zwergenbüttel, die das Blut über ihm ausgießen und grölen, das vergossene Blut werde man rächen …«
IsoldA
Ich höre auch was. Klingt ziemlich beängstigend.
Ariadne
»Asterios muß man nicht fürchten. Fürchtest du ihn, so heißt das, du trägst den Schreckenshelm und bist ihm untertan. Nimmst du den Helm ab, verschwindet Asterios und all die Lächerlichkeit mit ihm. Den Helm zu tragen ist ein großer Fehler, ihn abzunehmen auch. Man darf überhaupt nichts damit anfangen. Denn es gibt ihn ja nicht …«
UGLI 666
Es kommt näher und näher, und diese Trine tut, als ob …

Ariadne
»Du bist frei. Deine Freiheit beruht darauf, daß der Geist keinen Körper hat – was immer dir die Gnome in ihren Schlapphüten darüber vorschwindeln mögen. Nicht einmal der Körper hat einen Körper, da ist nichts, worauf man den Schreckenshelm setzen könnte. Aber das hast du noch nicht begriffen, Asterios ist alles, was du siehst, fühlst, denkst und weißt. Die abgeschmackte Farce aus klappriger Mechanik, die die Einzelteile des Helms im transparenten Raum des Geistes voreinander treiben, ist dein ganzer Lebensinhalt. Solange du den Schreckenshelm trägst, scheint es, als wäre es für immer. Doch keine Ewigkeit dauert länger als einen Augenblick. Und man weiß, was kommt, wenn dieser Augenblick vorüber ist: Du wirst dich erinnern, wer du eigentlich bist, und du wirst sehen, der Schreckenshelm ist ein lächerliches Spielzeug, das du dir selber ausgedacht ...«
Nutscracker
Was ist das? Hilfe! Das wird doch nicht Romeo sein, dieser Idiot ...
Monstradamus
Was ist los? Welch ein Getöse!
Nutscracker
Sieht so aus, als hätte er mich gefunden. Falls er es ist. Wüstes Hämmern gegen meine Tür. Oder ... Ist es etwa ...
Romeo-y-Cohiba
Nicht ich. Bei mir klopft es auch. Gräßliche Schläge.

Organizm(-:
Die Tür biegt sich schon.
UGLI 666
Die letzte Stunde hat geschlagen! Bereut! Ich beschwöre euch beim Zeichen des Kreuzes!
Nutscracker
Dem aus der Mitte des Labyrinthscheiders?
UGLI 666
Willst du deine letzten Augenblicke mit Gotteslästerei vergeuden?!
Sartrik
He, ihr spinnt wohl da draußen! Aufhören!
IsoldA
Romeo! Leb wohl, du Schwein!
Ariadne
Bei mir schmilzt die Tür. Bei euch auch?
Nutscracker
Man kriegt kaum mehr Luft. Irgendwas muß da …
Monstradamus
Er ist es.
Theseus
MINOTAURUS!
Monstradamus Hä?
IsoldA Hä?
Nutscracker Hä?
Organizm(-: Hä?
Theseus Hä?
Ariadne Hä?
UGLI 666 Hä?
Romeo-y-Cohiba Hä?

UGLI 666 Hä?
Sartrik Hä?
TheZeus
Fuck U
Monstradamus Muuuh!
IsoldA Muuuh!
Nutscracker Muuuh!
Organizm(-: Muuuh!
Theseus Muuuh!
Ariadne Muuuh!
UGLI 666 Muuuh!
Romeo-y-Cohiba Muuuh!
UGLI 666 Muuuh!
Sartrik Muuuh!
Organizm(-:
Meine Herren! Kann mir einer sagen, was das war?
Nutscracker
Es kühlt anscheinend ab. Der Lärm ist auch vorbei.
IsoldA
Begreift ihr denn nicht? Das war Theseus!
Romeo-y-Cohiba
Theseus! Wir haben so auf dich gewartet!
Monstradamus
Theseus. Endlich! Wo bist du? Was siehst du?
UGLI 666
Tja.
Organizm(-:
Theseus, sag doch was!
Nutscracker
Hört auf damit. Es hat keinen Zweck.

UGLI 666
Der hat sich davongemacht.
Monstradamus
Kann das wahr sein?
Nutscracker
Anscheinend doch.
IsoldA
Natürlich …
UGLI 666
Das Ende des Minotaurus.
Ariadne
Sei tapfer, Papa!
Monstradamus Mein Sohn!
IsoldA Mein Sohn!
Nutscracker Mein Sohn!
Organizm(-: Mein Sohn!
Sartrik Mein Sohn!

:- (((((

Organizm(-:
Sollten wir ihn nicht suchen? Vielleicht glaubt er noch dran?
Monstradamus
An was?
Organizm(-:
Na, diesen ganzen xxx. Daß er einen Körper hat. Der in einer Zelle steckt.
Ariadne
Er hat doch nie daran geglaubt.
Romeo-y-Cohiba
Immerhin hat er uns verschont. Er hätte uns töten können, nachdem er sehend geworden ist.
Nutscracker
Hätte er nicht. Dann hätte er den Helm nie abgenommen. Es ist nicht, weil er ein gutes Herz hat, er wußte einfach nur Bescheid.
Ariadne
Ich habe mal gehört, wenn jemand davon weiß, dann nur, weil er ein gutes Herz hat.
Nutscracker
Was ich gehört habe, ist, daß wenn jemand ein gutes Herz hat, dann nur, weil er davon weiß.

Organizm(-:
Kommt für uns auf dasselbe hinaus ... Wodurch haben wir uns eigentlich verraten?
UGLI 666
Wir schweifen ab. Sind zu unkonzentriert. Kommen vom Hundertsten ins Tausendste. Versailles, Mona Lisa und was nicht noch.
IsoldA
Der eigentliche Fehler ist, daß es uns überhaupt gibt, was, Ugli?
UGLI 666
Und diesmal war es Ariadne, die geschwätzt hat. Darum ist er abgesprungen.
Monstradamus
Was schlägst du vor?
UGLI 666
Den Mund zu halten.
Nutscracker
Na, du bist gut. Wie soll ein Helmut denn erfahren, daß er den Helm aufhat? Man kann ihm nicht etwas aufsetzen, das nicht ist, ohne Worte zu machen. Da braucht es schon Erklärungen. Am besten vom Urschleim an. Natürlich nicht so, daß er dahintersteigt, aber so, daß er es auf die Reihe kriegt. Ariadne ist von uns allen die beste Führerin durchs Labyrinth. Sie ist eine Meisterin.
UGLI 666
Du sprichst von dem, was sie hätte tun sollen, Nußknacker. Ich spreche davon, was sie tatsächlich getan hat. Und überhaupt, was heißt hier Meisterin, ich bitte

dich! Jeder beliebige Weg, den ein Helmut entlanggeführt wird, gehört zum Labyrinth.

Monstradamus

Stimmt. Nur seltsam, daß da, wo du bist, schon lange keiner vorbeigekommen ist.

Sartrik

Wer ist vorbeigekommen?

Monstradamus

Ach, unser Held! Zur Abwechslung wieder mal bei Besinnung? Leute, kennt ihr den? Sartrik erwacht aus dem Vollrausch. Totaler Filmriß. Neben ihm eine Blutlache. Ringsum das Labyrinth. Und kein Minotaurus da. Sartrik hebt die Augen zur Decke und flüstert entsetzt: »Oje! Ich hab ihn umgebracht ... Umgebracht und aufgefressen!«

IsoldA

Was soll daran lustig sein? Genau so ist es gewesen.

UGLI 666

Dein Witz ist älter als jedes Labyrinth, Monstradamus. Laßt uns die Situation erörtern, sie ist ernst genug. Irgendwann reißt uns Ariadne noch mal ins Verderben.

IsoldA

Hör auf zu spinnen, Ugli. Ariadne hat damit gar nichts zu tun, geplaudert hat Sartrik. Im Suff.

Sartrik

Klar. Sartrik ist immer an allem schuld.

IsoldA

Dich müßte man überhaupt xxx. Wozu hängst du dich überall rein? Du besoffnes Wrack!

Monstradamus

Trotzdem, wie hat er den Namen rausgekriegt?

UGLI 666

Ariadne hat ihm doch alles haarklein gesteckt. Im Klartext!

Nutscracker

Und wieso hat er uns dann nicht alle miteinander hochgehen lassen, nachdem er den Namen wußte?

Monstradamus

Er hat. Das kommt uns nur so vor, als hätte *er* sich verflüchtigt.

UGLI 666

Ariadne, würdest du uns freundlicherweise verraten, was dir an ihm besser gefällt als an uns?

Ariadne

xxx mich! Mach du doch die Labyrinth-Führungen.

UGLI 666

Wir sprechen uns noch. Ich komme dir auf die Schliche, da kannst du sicher sein.

Romeo-y-Cohiba

Ich verstehe immer noch nicht, wer schuld war, Ariadne oder Sartrik?

UGLI 666

Ariadne. Sie stand im MINOTAURUS gleich neben Theseus und hat angebändelt.

Ariadne

Überleg dir, mit wem du es dir verdirbst. Sonst kannst du in deiner Kirche auf ewig versauern, hörst du? Du hängst bei mir am Faden, denke daran. Der Thread gehört mir. Einen anderen gibt es nicht.

UGLI 666
Habt ihrs gehört? Habt ihrs alle gehört? Papa, hast du dir überlegt, was aus uns wird, wenn sie sich an dieses Scheusal ranschmeißt?
Nutscracker
Beschrei es bloß nicht.
Organizm(-:
Und was machen wir nun?
Monstradamus
Was schon. Den Diskurs fortsetzen.
Nutscracker
Das ist klar. Aber worauf soll es hinauslaufen?
Monstradamus
Es läuft bei uns immer auf dasselbe hinaus, Nußknacker. Wir glotzen weiter auf diesen Bildschirm wie die Pawlowsche Töle in den Tarkowski-Spiegel.
Nutscracker
Du verstehst mich falsch. Ich meine, wer sind wir denn jetzt?
Ariadne
Das wird uns Papa gleich sagen.
Nutscracker
Woher willst du das …
Monstradamus PRE PARSIPHAE HUM HUM MINOSAUR
IsoldA PRE PARSIPHAE HUM HUM MINOSAUR
Nutscracker PRE PARSIPHAE HUM HUM MINOSAUR
Organizm(-: PRE PARSIPHAE HUM HUM MINOSAUR

Sartrik PRE PARSIPHAE HUM HUM MINOSAUR

Monstradamus

Nein. Das will ich nicht! Nur das nicht!

Nutscracker

Wie? Was denn? Ich mag auch nicht. Keiner hat Lust dazu, na und? Was hilft das?

UGLI 666

Pst.

Romeo-y-Cohiba

Nur keine Panik.

Organizm(-:

Ganz ruhig …

Monstradamus

Bitte! Bitte nicht!

UGLI 666

Entspann dich. Du bist der Kopf, du mußt als erster durch.

Monstradamus Rrrooaar! Rrrooaar! Rrrooaar!

IsoldA Rrrooaar! Rrrooaar! Rrrooaar!

Nutscracker Rrrooaar! Rrrooaar! Rrrooaar!

Organizm)-: Rrrooaar! Rrrooaar! Rrrooaar!

Sartrik Rrrooaar! Rrrooaar! Rrrooaar!

Ariadne Rrrooaar! Rrrooaar! Rrrooaar!

UGLI 666 Rrrooaar! Rrrooaar! Rrrooaar!

Romeo-y-Cohiba Rrrooaar! Rrrooaar! Rrrooaar!

UGLI 666 Rrrooaar! Rrrooaar! Rrrooaar!

Sartrik Rrrooaar! Rrrooaar! Rrrooaar!

Ariadne

Grüß dich, Bruderherz. Mann, bist du häßlich!

Organizm(-:
Dafür sind wir jetzt ein Minosaurier. Ein richtig altes Tier.
UGLI 666
Das waren wir doch immer schon, hehe. Das Menschliche war uns allzeit fremd. Das Bullige auch.
Organizm(-:
Wir dürfen Drache sein. Über den Wolken fliegen. Bis auf den Meeresgrund tauchen. Vielleicht ist das ja wirklich das leichtere Los.
Monstradamus
Das leichtere? Puh! Wir haben jetzt Sartrik in der Mitte, vergeßt das nicht. Uns wird die ganze Zeit übel sein. Zum xxx übel. Pausenlos. Da können wir noch so viel tauchen oder Rollenspiele spielen, Lolita, Rolls-Royce, hilft alles nichts.
Romeo-y-Cohiba
Und wenn Sartrik im Suff eines Tages auch noch abspringt?
Nutscracker
Keine Schwarzmalereien bitte. Den Helm kann man nicht absetzen.
Organizm(-:
Theseus *hat* ihn abgesetzt.
Nutscracker
Der hatte ihn vielleicht gar nicht auf. Wie hätte er sonst entkommen können? Man bekommt dort keinen Ausgang gezeigt. Nur Palmen, Sonne, Meer, Geländewagen. Das ist keine bloße Spekulation, zu euch spricht der Profi, vergeßt das nicht.

IsoldA
Und wo ist er jetzt?
Nutscracker
Was geht es uns an. Den hält keiner mehr.
Monstradamus xxx, ist mir übel.
IsoldA xxx, ist mir übel.
Nutscracker xxx, ist mir übel.
Organizm(-: xxx, ist mir übel.
Sartrik xxx, ist mir übel.
Ariadne xxx, ist mir übel. Höchste Zeit, daß wir hier raus...
UGLI 666 xxx, ist mir übel.
Romeo-y-Cohiba xxx, ist mir übel.
UGLI 666 xxx, ist mir übel.
Sartrik xxx, ist mir übel. Und dieses Grummeln im Wanst! ... Du, Monstradamus, sag mal ... Eins verstehe ich nicht. Wo ist das alles eigentlich passiert?
Monstradamus
Sag mal. Bist du wirklich so blöde, oder kriegst du deinen Rausch einfach nie mehr los? Im Schreckenshelm natürlich.
Sartrik
Oh. Und wem?
Monstradamus
Dir.

*

Disclaimer / Haftungsausschluß

Hiermit versichern wir, daß während der Produktion des Textes kein einziger fiktiver altgriechischer Jugendlicher zu Tode gekommen ist.

Die Mythen

Gemeinsam mit 30 internationalen Verlagen ruft der Berlin Verlag ein einzigartiges Projekt ins Leben – die Buchreihe *Die Mythen.*
Sie startet weltweit gleichzeitig als Auftakt zu einer verlegerischen Herkulestat.
Renommierte Schriftsteller aus der ganzen Welt versammeln sich zu diesem großangelegten literarischen Unternehmen und schaffen mit ihren ganz eigenen Versionen mythischer Geschichten einen modernen Kanon klassischer Erzählkunst.

Berlin Verlag (Deutschland) *Bjartur (Island)* Bonniers (Schweden) *Boréal (Französisch Kanada)* Canongate (GB) *Cappelens (Norwegen)* Companhia das Letras (Brasilien) *De Bezige Bij (Holland)* Flammarion (Frankreich) *Great Falls / Chonqing (China)* Grove Atlantic / Canongate (USA) *Kadokowa (Japan)* Knopf Canada (Kanada) *Locus (Taiwan)* Munhakdongne (Korea) *Oceanida (Griechenland)* Penguin (Indien) *Rizzoli (Italien)* Salamandra (Spanien) *Sophia (Russland)* Tammi (Finnland) *Text (Australien)* Tiderne Skifter (Dänemark) *Yedioth Ahronoth (Israel)* Znak (Polen) ...

Karen Armstrong
Eine kurze Geschichte des Mythos
Aus dem Englischen von Ulrike Bischoff
ISBN 3-8270-0450-0

Margaret Atwood
Die Penelopiade
Der Mythos von Penelope und Odysseus
Mit einem Vorwort der Autorin
Deutsch von Malte Friedrich
ISBN 3-8270-0449-7

Jeanette Winterson
Die Last der Welt
Der Mythos von Atlas und Herkules
Mit einem Vorwort der Autorin
Aus dem Englischen von Monika Schmalz
ISBN 3-8270-0046-2